love

爱

毛夫 著

你

北方联合出版传媒(集团)股份有限公司
春风文艺出版社
·沈阳·

图书在版编目（CIP）数据

爱你/毛夫著. —沈阳：春风文艺出版社，
2022.11
　　ISBN 978 - 7 - 5313 - 6311 - 8

　　Ⅰ. ①爱… Ⅱ. ①毛… Ⅲ. ①散文诗 — 诗集 — 中国 —
当代 Ⅳ. ①I227.6

中国版本图书馆CIP数据核字（2022）第149633号

北方联合出版传媒（集团）股份有限公司
春风文艺出版社出版发行
http://www.chunfengwenyi.com
沈阳市和平区十一纬路25号　邮编：110003
辽宁新华印务有限公司印刷

责任编辑：韩　喆　　　　　　责任校对：张华伟
封面设计：鼎籍文化　王天娇　　幅面尺寸：128mm × 203mm
字　　数：110千字　　　　　　印　　张：6
版　　次：2022年11月第1版　　印　　次：2022年11月第1次
书　　号：ISBN 978-7-5313-6311-8　定　　价：39.00元

声音 · 时光 · 爱情

毛夫诚挚的感情、极富感染力的文字，异常广阔的视野和思辨的情绪，从饱蘸深情的笔端汹涌而出。

由乔榛和丁建华两位声音雕刻大师带来的《爱你》全书吟诵的音频，在引发对爱情美好思索的同时，获得预想之外的爱的共鸣，和美妙的爱的体验。

当具有哲思性的情诗，穿透时光的声乐，与隽永经典的名画相拥呈现，不妨，您也来读一读，在落雨绵绵的屋檐前，在夏日朗朗的白云下，在霞光漫卷的黄昏时，在海风吹升的月光中……

上喜马拉雅
听《爱你》有声书

关于毛夫

李 犁

回忆总是美好的。

当我坐在灯下追溯那些和毛夫纠结在一起的日子，我的内心变得温馨而明亮。当一种艺术在更广大的时空获得共鸣，每一位热爱她的人都不会无动于衷，何况我曾经是毛夫作品的首位编辑及"密谋者"呢。

我很难忘记毛夫的"毛夫爱情散文诗系列"以专栏的形式在报纸连载之后引起的波澜。不断的电话，雪片般的信件。欢乐、忧伤、激动、艾怨，共同的话题是毛夫的作品打动了他们和毛夫是谁。

毛夫是谁？这不仅引起了许多读者的关注，也弄得我不得安宁。在一定的时间里我成了毛夫的替代者。毛夫的稿件我编，毛夫的电话我接，毛夫的信件我回，毛夫的稿费我领……难怪有的读者胸有成竹地说：你不要装了，你就是毛夫。甚至有一位女读者，天天来编辑部找我，不但认为我就是毛夫，还一口咬定这些作品是写给她的。弄得我目瞪口呆，直往别的办公室躲。以后窥其背影，则眼昏手凉，心里也不住地骂：好小子毛夫，你躲在幕后看戏，苦全让哥们儿我吃了。

的确，做毛夫的替代者是一件很棘手的事，一位女子打来电话只问了句：你就是毛夫吗？然后就抽泣起来，弄得我不知所措。还有一位很有钱的老板打来电话说他妻子有吃有穿挺满足的，看了毛夫的作品之后，对他买的衣服、首饰不感兴趣了，整天叹息。最后以警告的口吻告诉我，不要再写这些东西了。

不管是褒是贬，作为编辑深为能有如此反响的专栏欣慰，也深深地感谢着毛夫。毛夫的作品能够唤起人们对文学的关注和热情，那么多不同年龄、不同性别的人能被毛夫的作品打动，这无疑是我们这个时代中的一件幸事。但是一种深深的惭愧和内疚也同时折磨着我，面对许许多多读者的询问和倾诉，我除了倾听，没能给以任何回报，甚至谁是毛夫我都无权、无法向他们真实地解答。记得一次一位错把我当作毛夫的女孩子来找我，寒暄之后，我看出来她要讲许多她自己的关于爱的坎坷和疑问，我立刻条件反射似的站起来说：我有事要出去一下，你以后再来吧。她临走时气愤地扔下一句：你太让我们失望了。直到今天我还记得她那愤懑和失望的目光。可是我又能告诉你些什么呢？爱情这个古老的话题，自从有了人类，她就像天使和魔鬼一样折磨着人们。人们饱尝了她的幸福和痛苦。多少先哲想诠释她，可是直到今天人们依然在她的波峰浪谷间颠簸和挣扎。但是爱情的魔笛永远充满着诱惑，她激励着那些年轻以及不年轻的人去寻找和探求，终生不悔。毛夫的作品正是以一种对人生既浪漫又冷静的感悟写出了爱的幸福、爱的美丽、爱的欣慰、爱的痴迷；而更多的是爱的痛苦、爱的沉重、爱的短暂、爱的无奈……整部作品虽然豁达和坚定，但依然笼罩着一片忧伤的光环。伤感的东西总是易于打动人的，毛夫作品之所以赢得了许多读者，就在于他把那些流血的心灵化成了优美的彩虹，让那些同样受伤的心灵找到了得以疗治的芳草地。从这个角度来讲，艺术是情感的避难所，是受伤时的绷带，是摔倒时的拐杖。人们总是在受伤的时候才想到诗歌。诗歌也常常是人们受伤时的产物，并在人生最关键时候起到关键的作用。面对黑暗和死亡，诗歌会使颤抖的腿站直，失去的勇气重新燃起。毛夫的这些作品就是泪珠穿缀成的快乐音符，悲伤大地隆起的坚强脊梁。

这要追溯到那年秋天的夜晚，天空纯净得像情人的泪水，面对明亮的月亮，几位朋友与我一起叙说人生中最灰暗的时光，并从悲伤的往事中抽象出生活的去向和人生的哲理。出于一种与朋友们情感的共鸣和职业的习惯，我提议他们把那些感悟写成散文诗，然后在我当时主持的版面上连载，一定会吸引许多读者，并引导读者走出那种虚假空洞的诗歌的误区。后来实践证明我们的努力完全正确。几乎每一篇，都有一番不凡的反响。我们善于忍耐的民族，这次却有许多人缺乏了忍受力，他们急不可耐地在字里行间寻找自己的投影，表示共鸣。男女老少，各种职业，他们都用一种激动的声音向我背诵毛夫的名句，"即使明天与你分离，今天我依然爱你""不是因为你的箭法太准，而是因为靶子太近""人们在雪中入梦，我的心却无归处"……一些编辑朋友也打电话询问毛夫是谁，并准备为其开辟专栏。可以说这本书的出版，正是众多热爱她的朋友们的鼓励和催促的结果。

其中一位因为爱情挫折想轻生的女士来信说："我是一个陷入爱情不能自拔的女孩，最近读了几期毛夫的文章，很感动。我觉得每句都像是说给我的，我知道它最终也不能帮我找回失落的爱，但在我最凄凉的时候，读到它确实感到很温暖。当我读着'爱情的幸福十分相似，爱情的痛苦是最能引起共鸣的痛苦，其力量之大甚至胜过无数次死亡''你深深地爱我，使我有了那么多难言的痛苦，我深深地爱你，我所有的痛苦都光彩夺目。'读着这些句子，我的心也光彩夺目起来，我现在已经平静多了……"

毛夫就是这样以自己的忧伤去照亮别人的忧伤，

把痛苦锻造成充满力度的诗行，从而也完成了生命的一次超越。其实艺术正是这样，如果我们的生活全是阳光，谁还会写这些苦难的诗行；如果我们的爱情没有这些苦难，又有谁还会到诗里去寻找力量。

以诗歌来表达爱情，几乎和爱情本身一样古老。唱歌的人不在了，而她的歌声千百年来却依旧那么年轻鲜艳。《爱你》正是在这一点上获得了成功。它似乎泥实、具体和贴近。正因如此，《爱你》才找到了一个契合点，即读者的心态和世态、现实和真实、情感和哲理的交叉点。它既满足了读者的情感需要（近角度），又升华出人生的哲理（远方向）。于是读者和作者的交流产生了。而且毛夫写的爱情不是那种一帆风顺的爱情，而是把镜头对准那些苦涩的岁月，那些敢爱不能爱，能爱不敢爱，擦肩而过的爱，海市蜃楼的爱，该忘不忘的爱，不该发生的爱……正是这种倾斜的爱，不能结合的爱，才真正摇撼了读者的心灵。我想，爱是世界上最美丽的花朵，她可以融化仇恨，她是美丽的彩虹，架起了心与心之间的桥梁。爱可以超越一切。

关于毛夫的话题说了这么多，但毛夫究竟是谁，连我也有点糊涂了。在这本书出版之际，我必须告诉大家的是，我无意间承受的荣耀和羞辱都该卸去了，我也总觉得毛夫真是一群人的化身，毛夫依然很洒脱地做着自己的事情而不愿意走出来，我也没办法。读者们，抱歉了。

目 录

爱　你

我爱你!!!——有能力说出又勇于为此负责的人，才是高尚而值得信赖并为之献身的人。

因此，你要时刻感到，你对我的一切都是值得的。

你永远也不要说，除了你，我别无选择。

因为你我都曾真诚地爱过，而且当初的选择绝没有过错。

爱你，使一切矜持荡然无存，我们都好像等了多年。

因为爱你，你我所有的孤独和寂寞都显得美丽，我真找不出任何一个理由安慰你和我自己。

爱你，便无须谈论对与错。真正的爱情不需要掩饰，更应该省略"规律"和"原则"。

我深知不能完全拥有你，但我会在心的深处留下一块空白，随时接纳你在此驻足。

爱你是痛苦的，但若不爱你会有更大的痛苦。因此，我会永远珍视你的爱情。

不能潇洒地爱你，是因为存在一种距离，而正是这距离，才使爱情神秘而美丽。

正因为爱你，我才能即使多年不见一面，也能在芸芸众生中立即认出你，在繁杂无章的日日夜夜时时想起你。

请允许我，允许我对你表示一种你并不需要的感激。

正因为你的爱，才使我时刻滋长、强化那早已超出许多人，早已令人嫉妒非常的自信。

因为爱你，我才不知道走哪条路，才能与你平静而愉快地相处一生。

而在你的一生中，我能给你的如果只是一时的幸福，那一定是我的罪过。

在你的爱情面前，我无力、无法拒绝，但不要以为你的箭法太准，只是因为靶子太近。

因为爱你，我才时时培养那令人难以置信的耐心与宽容，才更加仔细地活着，因为只有这样，才有更多的机会爱你。

爱你，便意味着付出与牺牲。

如果现在一定要让我放弃什么，我定会毫不迟疑地选择那些不能与你相依的岁月。

多年以后，我的爱如果使你后悔或不幸，也请你原谅，原谅那个曾值得你向他流泪的人。

真的，请你相信，即使明天与你分离，今天我依然爱你。

但丁·加百利·罗塞蒂《罗密欧与朱丽叶》

寂寞的时候

寂寞的时候，便很刻苦地想你、念你，便更加深刻地爱你。

直到想不出你的模样，念不到你的声音，便一心一意创造机会去见你。总是想深藏，总是想割舍，但怎么也难以逃离你新的诱惑。

真的，在你的爱情面前，我别无选择。

寂寞的时候，便很刻苦地想你、念你，便更加深刻地爱你。

既然注定要用一生去换取哪怕是片刻的安宁，既然我曾以满身潇洒引你注目和痴情，既然有许多眼泪还不忍流在你的面前，那就请允许我，允许我在谁也不晓的角落，舒心而畅快地哭个够。

寂寞的时候，便很刻苦地想你、念你，便更加深刻地爱你。

尽管爱你可能使我失去一生的辉煌，可不爱你，这辉煌的一生又少了多少重量；

尽管美好的一切可能稍纵即逝，但也绝不必后悔，瞬间的美丽留下的，绝不是一时的欢慰。

　　寂寞的时候，便很刻苦地想你、念你，便更加深刻地爱你。

　　由于爱你，我便不再希求去感动众人，便使你成为我唯一的读者。

　　有时，真不想把这一切告诉任何人，可又怎能耐得住心域的苍凉；

　　有时真想把这一切向所有的人诉说，向所有的人庄严地炫耀，只是他们永远也不晓得——为何得此厚爱。

　　寂寞的时候，便很刻苦地想你、念你，便更加深刻地爱你。

　　直到每一次想你，都使我疲惫不堪，直到对一切都可以充耳不闻、视而不见、嗅而不觉、尝而无味。

　　我才深深明白，我身上的每一个角落，都充满了你的爱和关怀，而最可怕、最可恨、最不能说服、最不能回绝的，原来正是我自己。

罗伯特·刘易斯·里德《紫罗兰和服》

因为爱你

　　所有的日子都显得苍白，所有的语言都显得无力，所有的梦想都显得沉重，所有的忠告都显得多余。

　　因为，因为爱你。

　　因为爱你，我可以整天不说一句话，坐在那里望着天花板默默无语；

　　因为爱你，我可以把你所有的亲友都视为知己和兄弟，挥霍着大把大把的时间，与他们聊着毫无风采的话题；

　　因为爱你，我才可以在最寒冷的冬天，伴着飞雪把所有的温暖全送给你；

　　因为爱你，我才会为一个等候好久的来自你的问候而流泪，才可以在万里之遥的异域走好远好远的路打个电话，还来不及抹去额角的汗水，就只为说一声——"我爱你"；

　　因为爱你，我才愿将你变成我心中那个无翅的小鸟，接受我温情的爱抚，却永远也飞不出我的心里；

因为爱你，我才情愿变成你难以离开的时间，分分秒秒、时时刻刻、永永远远伴随着你。

这一切，这一切，都因为，因为爱你。

因为爱你，我可以容忍陌生的目光和你的脾气；

因为爱你，我可以即使怀着不解和委屈，也不会与你争个你对我错，我高你低；

因为爱你，你的每次远行都使我夜夜难眠，日日忧虑；

因为爱你，我才变得异常真实，毫不掩饰地在你面前坦白那成功背后的凄苦和所有难以述人的哭泣；

因为爱你，我才使自己更像个男子汉，做任何事都挺直腰板，不发出一声让你同情的叹息；

因为爱你，我才感到前行的路是多么宽广，生活该多么富有意义。

因为有你在为我加油，因为有你在为我鼓励，因为有你为我擦去泪痕，因为有你为我举杯贺喜。

因为爱你，所有繁杂的岁月才生长出如此沉甸甸的美丽。

因为爱你，我才变得如此达观而才华横溢，想唱，笨拙的喉咙可以流出动人的旋律；

想写，所有温情的语言便向我云集。

伦纳德·坎贝尔·泰勒《劝说》

因为爱你，我才变得如此温柔，把微笑送给每一个人而毫不吝惜；

因为爱你，我才变得如此脆弱，一句话和一首歌，都可以使我满目神伤，泪流如雨……

不为什么，不为什么，只是因为，因为爱你。

因为爱你，我要请你，请你为我而保重你自己，使我能在任何时候、任何地方，都有足够的理由和心情想你、念你，并一如既往、真真切切地爱你，爱你。

如　果

如果没有遇见并真心地爱上你，我会失去那么多，那么多撼人心魄又美丽无比的日子。

而更残酷的是：即使当我死去的时候，我也会对此一无所知。

一生都没有真正认识爱情为何物的人，也许是最幸福的，但也是最可悲的。

因为他们从来就不知道，世界上居然还有那么多美丽的情绪。

因此，没有真正经历爱情的人生，绝不是圆满的人生。

如果我是船，你便是美丽的岛屿。

为了爱你，我会绕过许许多多充满诱惑的陆地。

尽管可能要航行一生，但我终要在你的期待里停泊，即使在靠岸时，我已成为几块木板。

如果你是船，我便一定是大海。

在我的海上，你永远也不会沉没，无论你以什么方式航行或装载多重的渴望与感情。

如果爱你会使你凋零，那一定是我的过错；

如果爱你会使你憔悴，那一定是我的过错；

如果爱你会使你懊悔，那一定是我的过错；

如果爱你从开始就是一种错误，那便一定是爱情本身的过错。

可这过错又是那么美丽而无法回绝地灿烂着我的人生……

如果，如果真能把记忆永埋心底，那真不如不遇见你。可不遇见你，又怎能，怎能有这永恒的记忆。

如果你真的不会忘记，那就请你珍惜今天，因为所有的明天和来世，都由今天延续；

如果你真的爱我，一如我那么爱你，就请你原谅，原谅我所有的过失，因为所有的过失都是因为太爱你；

如果你真的爱我，一如我那么爱你，你就应感到永不孤独，即使相隔千山万水，总会有一个亲切的声音和你说话。

如果，如果在未来的某一天，你真的后悔，也请你，请你千万不要让我知道……

亨利·纪尧姆·马丁《情人》

如果你愿意

如果你愿意，我会付出所有的洒脱爱你；

如果你愿意，我会宁静而满足地一百次牺牲自己；

如果你愿意，真的，如果你愿意，我会约上帝做一次长谈，不管他的态度如何，我都会在他面前，神圣而无畏地吻你。

不是为了开脱我，不是为了取悦你。

一切都因为太无奈，一切都因为太珍惜，一切都因为要永远不放弃……也只有爱你的时候，才感到——青春为何如此漫长，才总问自己——为何有这样一个夏天，让我们都毫无准备地去体味这从未有过的心悸；

才真想——把一生都凝聚，凝聚成与你相亲的那一刻……

如果你愿意，虽十分不情愿，我仍可以永远、永远地守口如瓶。可为什么那么多虚假可以获得人人赞美的尊严，而本来不多的真诚却总是让人心神不安。

尽管真诚的爱可以摆脱灵魂的贫穷，可为什么爱得越深，可以选择的路却越来越少，就连已有的路也越来越窄，时间也对我们格外吝啬，吝啬到连在你面前伤心都来不及……

也许会有许多人慈祥地把厚厚的历史翻开，让所有的恐惧从四面八方无边无际地驶来，包围我，劝说我，恐吓我，征服我……

我深知：历史是人写的，而留在历史中的一定是比我聪明的人。

但如果你愿意，我会对我深知的一切置之不理。

也许根本就没有一条道路可以通向遥远，任何可以开拓的地方，都有人正襟危坐地聊着生锈的话题。

但如果你愿意，就请给我勇气，使我们在惊异与喝彩中，傲然走过去……

如果你愿意，真的，如果你愿意，请你坚信：如果我能再活一次，我落地后的第一件事，便是无所顾忌地寻你，爱你，拥有你。

乔治·皮卡尔《花树下的浪漫》

永远的爱情

有一种真实而无奈的爱情，在这爱情里，人最大的悲哀莫过于幸福与痛苦同在。

在畅饮幸福美酒的时候，痛苦也随之一饮而尽。

因此，这爱情既是最伟大、最真挚、最美丽的，也是最忧伤、最痛苦、最悲壮的，相爱的人也是最可怜的。

因为所有的凄凉与愉悦，永远也无处诉说。

在这爱情里，一切叛逆都有足以自慰的借口，而不必去说服任何人。

为恐惧而拒绝真诚，留给自己的只能是比恐惧更深、更重的愧疚和悔意。

在这爱情里，一向老于世故者也变得单纯如少年。谁也无法改变自己的痴情，逃避只能更痛苦，也只能是折磨自己。

因为，人可以有无数个理由去欺骗别人，却无论如何也欺骗不了自己。

在这爱情里，你永远也计算不出付出与得到的比例。

只要你是真心爱着，你的心就永远平衡。

对这爱情，你不能用现实的心灵和眼睛去感受、去审视。现实中的爱情总是少了一种悲凉的氛围，而充满了忧伤与怆然的爱情，才是最动人、最撼人心魄、最刻骨铭心的爱情。

菲利普·莱利斯·黑尔《阳光中的女孩们》

我如果爱你

我如果爱你，就不会总去解释自己。因为爱你的话即使说上千遍万遍，也不足以表达我的情意。

真正的爱情如果能靠语言去延伸，走出不远便是墓地，而过多解释本身就已潜伏着危机。

对爱情都难以感知，再好的解释也没有令人信服的意义。

爱情，需要真诚，更需要默契。

我如果爱你，就不会总去说服自己。路在你的脚下，命运在你的手里，相爱是因缘而聚，分手也是你的权利。

我不会有更多的懊悔，现在更加不会。

因为你毕竟留给我一段刻骨铭心的记忆。

况且对于爱情，旁观者可以道出千万种理由，而自己却永远难以说服自己。

我如果爱你，就不会总去原谅自己。过多原谅自己就是对你的不尊重，不尊重你又何谈爱你。

相爱的人谁都难免有过错和不快，而达观的爱情应是：给对方以更多的宽容和理解，把更多的责任和痛苦留给自己。

我如果爱你，就不会总去隐瞒什么，而会把一切都展示给你。

包括你倾心的深沉、潇洒、勤奋与睿智，甚至永难改变的妒忌和倔强的脾气。我会让你了解我的一切，绝不会让你因爱我而留下无奈和疑虑。

爱你，就不应让你因我的无为和败落而痛悔；

爱你，就不应让你因我的疏懒和多情而伤心；

爱你，就不应让你因我的缠绵而阻碍你前进的步履；

爱你，就不应让你因我的固执而为难，更不应让你因我而难堪、难眠，而承受任何打击……

我如果爱你，就会常常怀着歉疚和感激。

对生活常怀感激的人，虽然很累，却充实无比。

我歉疚，是因为我还不够出色，是因为给你的幸福太少而给你的痛苦太多；

我感激，是因为你给了我他人难予的鼓舞，是因为你给了我超然于世人的才能与勇气。

我如果爱你，就会使你有常人不及的欢乐，而绝不能让你略感孤寂。

古斯塔夫·卡里伯特《上升道路》

你人生的任何角落都应有我的笑声，都应有我的足迹。

在你需要我的任何时候，我都该站在你的身旁，为你遮挡恼人的风和突如其来的雨。

我如果爱你，就会更加珍惜我自己，爱护我自己。珍惜我的气质与风度，爱护我的生命与名誉。

你也许认为我是多么自私，多么虚伪，多么可恶，多么不可理喻。

可是你应该懂得呀，我的珍惜与爱护，全是因为你。

珍惜我，是为使你有更多爱我的前提与机会；爱护我，是为更加深切而洒脱地爱你，爱你。

写给相爱的人

人，有一大不幸就是在得到关怀与友爱的时候，不能做出相应的回答。而真挚爱情里的一切轻易的表白和许诺，岁月都会无情地证明它的浅薄。

相爱的人，当感情被对方主宰的时候，此时的爱情也是最刻骨铭心的。

因此，你要百倍地珍惜，不能挥霍一分一秒。

你更要时时感到，你只有一次人生。

相爱的人在品味幸福的时候，往往看不清感情中残酷的一面。

爱得越深，感情越脆弱，其结局也越凄惨，除非是不差分秒地共同走向另一个世界。

相爱的人总是钟情夜晚，其最大的魅力在于：思念因没有遮拦而随心所欲，不必在阳光与目光中忐忑不安。

真挚的爱情可以使最坚强的男人流下眼泪，只是有的流在脸上，有的流在心里。

而世界上最大的伤害又总是在最相爱的人之间发生。

任何事物都有开始和结尾，爱情也是如此。

因缘而聚获得难以自制的欢娱是幸福的，但在醒着的时候，去目睹、去体味缘尽，则是最残忍的折磨，是最理智的人都难以承受的。

因此，对相爱的人来说，珍惜比什么都贵重。

因为，你只有一次人生。

相爱的人在分手时候，也不应潇洒地说再见，而应留下更多的缠绵。

因为彼此都给予对方许多永难忘怀的岁月。

罗伯特·冯·豪格《再会》

永远爱你

就这样，你以圣洁和真诚告诉我：永远爱你。

对此我早已深信不疑，我也知道这承诺早已使许多表白和关怀显得苍白，更知道这承诺该有多么，多么沉重。

不要感谢，不要感谢我的宽容和痴情，这都因为我与你共有同一种心境。

永远爱你，这已足够让我迷醉终生。

不要再去苦寻你究竟能带给我什么，既然爱着，这份情感就如日月轮回，日夜照耀着你我的人生。

即使岁月设置了许多饮坷，但只要彼此珍重，就不会步履维艰。

即使真正遭遇千难万险，也会坦然而无悔地说，我永远，永远真心爱你。

不要总抱怨我做错了事，如果我真的把所有的事都做错，但我坚信：有一件做对了，那就是——永远爱你。

永远爱你，尽管我也许不会为你而刻意改变我自己，但肯定愿为你日臻完美。

在漫漫人生中，使你骄傲有我，使我骄傲有你。

永远爱你，说出时你我都已泪流满面；

永远爱你，使我更加深刻地理解了许多东西；

永远爱你，我才更加坚定而执着地只在乎你；

永远爱你，才使我更加珍惜我自己，欣赏我自己，爱护我自己；

永远爱你，我才更加深知我是多么重要，才使我更加出色，出色得使你失去所有爱别人的情绪；

永远爱你，使我在生存的每一角落都茁壮无比，使我把被你所爱、被你拥有视为一生的最大荣誉；

永远爱你，使我无论走出多远，都有你的温柔相随，才使我深感，只要活着，便不能没有你；

永远爱你，才使我更加抱怨，更加痛恨我自己，为什么，为什么不能倾己所有去爱你……

但无论怎样，永远爱你，已固执地成为我人生永不更改的主题。

永远爱你，使所有的语言都显得累赘，我才深知，爱情比人生更长久。

永远爱你，使我难以听懂你以外的声音，难以看清你以外的世界。

就这样，你以圣洁和真诚告诉我：永远爱你。

———

STAMP

love
爱你

阿瑟·休斯《永久的婚约》

这样的夜晚

在这样柔风拂面的夜晚，品味我们的爱情，无论如何都是一件怡人的事情。

我们都不必感到羞愧，任何时候谈起爱情都应神采飞扬，即便有无边无际的伤感在周围舞蹈，也不必费神去理会，爱情绝不比任何伟大的事情逊色，何况在这样的夜晚。

我把所有的爱意都倾于笔端，让语言做我的旗帜，在缺少真诚与爱情的廉价世界里尽情招展。

请不要怀疑它的真实，每一双含泪的眼里，都延伸出永不衰老的故事，使我们的爱情，成为相爱的人共同的话题和典范。

这始料不及的一切，都足够我们炫耀终生。请不要过多指责爱情中的过错，爱情其实就是人生的一个过程。

为了更多的渴望，我们不能不走出我们爱情的小屋，拆除心与心之间横亘千古的栅栏。

爱情留在自己的心中或许一钱不值,爱情走进所有人的心里,才能成为价值连城的财产。

在这样的夜晚,品味我们的爱情,我总想约你到街上走走,让柔情的叶鸣为你装点梦境,让迷离的街灯为你燃起祝福,让婆娑的树影摇曳你的安详。

只有在这样的时刻,你才会感到爱情的伟大,爱情的美丽,爱情的不同凡响。

这夜晚也许正因为流淌着我们的爱情,才变得如此娇媚,如此幽香,如此诱人,如此清凉,如此沉重,如此苍茫……

尽管纸上的爱情或许早已消失了永恒的魅力,心中的爱情却真的能够地久天长。

只要你的爱情完全属于你自己,只要你始终不更改你的航向。

对于爱情,我们不必言及给予的多少,爱着的本身就是收获,即使是点滴的情感,也应回报以江河,因为我们爱着;

对于爱情,我们笨拙的双手永远也无法精雕细刻,粗糙一点也不必有太多的遗憾,要知道,这一切是多么难得而又不可多得,因为我们爱着;

对于爱情,我们不必有太多的追悔,昨天的一切我

施尔德·哈萨姆《七月之夜》

们无力改写，而今天和更多的明天，却都要由我们编织和讴歌，因为我们爱着……

在这样的夜晚，品味我们的爱情，我没有丝毫的凄然、忏悔和惆怅。

我把自己交给这样出色的夜晚，只留一个许诺在你枕畔；

你的选择没有错，但愿你好好爱我，在我的海上，你永远不会沉没。

爱着的时候

　　爱着的时候，常要说"永远"，仿佛离开这两个字，就难以表达地老天荒般的爱恋。

　　这与其是想说给爱人，不如说是给自己。

　　说得多了，就总有一种忐忑不安，总是担心爱人能否也和自己一样永永远远，这是大可不必的。

　　爱情是否永久，不在别人，而全在自己，只要你自己无怨、无悔，只要你常给对方以关怀和安慰。

　　只要你即使在多日杳无音讯的情形下，依然能洞悉对方的所思所感。

　　只要你不总是漫不经心地对待爱情。

　　只要你能在对方最需要你的时候，都能毫不利己地奋不顾身。

　　只要你能常约束自己，而不给对方更多容易生厌的难堪与嫉妒。

　　只要……你就不必永远把"永远"挂在嘴边，而你的爱情也真能走向永远。

爱着的时候，总以为自己的爱情是最伟大与最美丽的。

其实不管自认为多么惊心动魄与催人泪下，在不相关的人眼里，它都平淡无奇。

所以，对爱情不要希图别人与你一样激动不已。

只要自己为之动真情，就比什么都重要。

真心相爱的双方都有足够的力量使对方来爱自己，任何人都没有力量去阻止爱情。

爱着的时候，相爱的人总有流不尽的眼泪，在最兴奋的时候，也有一双湿润的眼睛。

而且，在爱情中常有一种不可理喻的折磨，这折磨又大都源于误解，而这误解又有许多是因为为对方想得太多，可惜这折磨常被相爱的人所忽略。

爱着的时候，人往往反差很大，有时把自己想成超俗的例外，便总是把自己生命中所有珍贵的东西都和盘托出，也总是以为除了爱情，一切都可有可无。

但当爱情失意的时候，便免不了感到更多的伤害、无奈和凄凉，尽管你无愧。

爱着的时候，常想起培根老人的忠告：爱情是很容易考验的，如果对方不以同样的爱情来回报你，那就是暗地里在轻蔑你。

安娜·安彻尔《镜前的年轻女子》

所以，爱情中的自信有时是最骗人的东西，而被骗者往往就是自己。

爱着的时候，男人和女人所扮的角色是有差别的。女人的缠绵与钟情可以使爱由生动而升华，而男人的钟情与缠绵却往往使爱由生动而可怕。

可幸的是，在现实的爱情里，缠绵的男人太少，而缠绵的女人太多。

爱着的时候，如果缺少理智，那爱便如脱缰的野马；如果有过多的理智，那爱就又少了许多韵味。

爱着的时候，你一定会有许多快慰和忧伤，你最好选择一个极真诚的朋友，把一切都向他诉说，这样，你可以减轻忧伤，而得到双倍的快慰。

永不怨你

　　站在绵绵爱情雨里，我仍固执地等你。而对渐渐淡去的爱情，我早已变成一尊雕像，只能听任岁月风化我的身躯，留下完整的心去回忆。

　　爱人，我永不怨你。

　　或许我永远也难以辨明这究竟是谁的错，才使我反复地反复地自省过去。

　　那些美丽而忧伤的日子，曾以怎样的激情感染着、澎湃着我们啊！

　　使我们漠视头上青天、足下土地，使我们每个梦都可以作为鼓荡风帆的话题。

　　那是多么动人的日子啊！

　　幸福时可以把欢乐撒满世界，痛苦时也会感天动地……

　　可望着岁月那熟悉的背影，我只能无言，尽管我难忍这现实的凄苦，但我永不怨你。

　　我真的不知还有什么象征着我的存在，爱你早已使我迷失了自己。

既然我们都曾以最世俗的语言和姿态，表达我们与众不同的忠诚；

既然我们都任性地伤害过对方的痴情而毫无歉意；

既然前方还有更多的光荣，等着为你悬挂；

既然爱你永远也没有过错；

既然恨你的心情都十分美丽；

既然人们对惊心动魄的死亡，都选择沉默，我还能去说什么呢？

此刻，我的失望对你都没有一点力量，但我永不怨你。

永不怨你，是因为我对你曾经那么重要；

永不怨你，是因为你给了我永难忘怀、难再接续的回忆；

永不怨你，是因为你承担了那么多本属于我的痛楚；

永不怨你，使我会在任何时候都深感对不起你。

也许我们总是把自己想得太超群，其实我们和世人别无两样——幸福，会在无形中给人以欢乐；

痛苦，却只能属于我们自己。

还有什么话不能对我说吗？

佩德·塞韦林·克罗耳
《斯卡恩的夏夜：海边的艺术家之妻与狗》

我已经承受了许多。尽管我依旧那么多情而脆弱，尽管对你的有些故事我实在难以理解，但请你不要过于忧悒，因为，我永不怨你。

　　真正的爱情总要淡漠生活中的种种困苦，而对生活中的点滴快乐都记忆犹新。

　　为了过去的日子，我会永不怨你。

　　永不怨你，才使我有了更多的内疚和自责。

　　想你因我而感伤，而痛苦，而不知所措，而失去自己，想我难以为你承担什么，我真的真的难过。

　　永不怨你，就意味着直到前面只有苍白而不再有葱茏，也会十分坦然而绝无勉强地说：我对此无怨无悔。

爱与幸福

对于爱情，无论你以什么方式去追求、去体味，你最初的渴望与最终的目的，都是对幸福的向往。

因为，爱情的意义就在于使相爱的人都成为充实而幸福的人。

幸福是一种感觉，一种境界，一种氛围，难以说得清，道得明，更无须去请教别人。

因为即便你翻遍所有人的人生，也难以找到自己满意的答案。你的爱情幸福与否，只有你自己能够感知。

被人看出的幸福，或许只是爱情生活中一段必要的插曲，浅显而缺少永恒的价值。

永恒的幸福早已深入骨血，成为一种力量，无时不在支撑着你的人生。

有能力创造辉煌人生的人，不一定能终生拥有爱的幸福。因为这种幸福不仅仅依靠个人的智慧与汗水，关键是寻找到与你对应的另一半。

在真正的爱情里，理解与默契是一种幸福，别离与牵挂也是一种幸福，即使是那些难言的无奈与凄苦，也总是闪烁着幸福的光辉。

爱情，总是给人制造两极的体验——幸福或痛苦。二者虽表现方式有异，却紧紧相连，使爱情跌宕起伏，意味悠远。

凡是拥有幸福的人，都无疑具有正视痛苦，深埋痛苦，拥抱痛苦，宣泄痛苦的勇气；

具有在痛苦中不消沉、不萎靡的度量；

具有在痛苦中寻找、提炼幸福的能力。

当你爱着的时候，你就要懂得：正视痛苦是一种爱的修养，深埋痛苦是一种爱的坚忍，宣泄痛苦是一种爱的坦荡，拥抱痛苦是一种爱的执着。

既然爱的痛苦总是自始至终包含在爱的幸福之中，那么，在你的爱情里，如果你幸福和痛苦得都不够，那是因为你爱得还不够。

爱情带来的痛苦是深刻的，而爱情带来的幸福，也比其他事物带来的幸福深刻千倍、万倍。

拥有你的爱情，我得到了前所未有的激动；拥有你的爱情，使我的许多经历都黯然失色；拥有你的爱情，我不知道还缺少什么；拥有你的爱情，我才时刻感到肩头的沉重；拥有你的爱情，我才更加深刻地体会出幸福

罗伯特·刘易斯·里德《在花园里》

是什么……

　　真的，在我们的爱情里，如果我带给你的痛苦多于幸福，就请你，请你接受我发自内心的歉意，也请你相信，这绝不是我的初衷。

爱与痛苦

对于相爱的人来说，拥有痛苦也是十分自然而又必然的，它总是发自内心而又难以伪装。

常把痛苦挂在嘴边和脸上的人，不一定就真的痛苦，真正痛苦的人可能虽面不改色，而心却在流血。

不要责备，千万不要责备爱情的痛苦，爱情中的痛苦都是因为爱得太真挚、太痴迷、太贪婪和责任感太强。

因此，有责任感的人，往往也是痛苦的人。而真正爱过的人，也必定是痛苦的人。

因为即便是最热烈、无瑕的爱情里面，也含有那么多沉重的忧伤和无奈，而这忧伤和无奈又有那么多美丽的诱惑。

被别人爱是幸福的，而爱别人却是痛苦的。

不要为了体味痛苦而寻求爱，也不要为惧怕痛苦而拒绝爱。

对真心相爱的人来说，痛苦都会美丽成万古不竭的甜蜜。

爱情中的许多痛苦，皆源于心离得很近，而身离得很远，或身离得很近，而心离得很远。

只有欢愉和快慰而没有悲戚和痛苦的爱情，很难使相爱的人生动迷人。

爱着的人，时常有一种莫名的喜悦，请你珍惜它，并满怀感激地告诉你心爱的人，因为它绝非从天而降；爱着的人，也时常会有一种莫名的悲伤，请你也一样珍惜它，并满怀感激地告诉你心爱的人，因为它来之不易。

试想，如果没有爱情，你到哪里去品尝这人生的滋味。

在真挚的爱情里，你不要乞求没有一点痛苦，因为这痛苦从一开始就包含在爱的幸福之中，没有这种醇美的痛苦，你就会有另一种更残酷的痛苦。

痛苦可能人人都有，但又各不相同，只有爱情的痛苦是十分相似的。

因此，爱情的痛苦也是最易引起共鸣的痛苦，其力量之大甚至胜过无数次死亡。

你深深地爱我，使我有了那么多难言的痛苦，我深深地爱你，又使我所有的痛苦光彩夺目。

真的，请你记住：我的痛苦，会使你成为幸福无比的人。

罗伯特·德劳内《吻》

爱与思念

思念实在是一种美丽得难以言明的情绪。人有了思念，一切追求和一切拥有都会壮丽起来，都会柔情似水。因此，思念也是一种感觉，一种用任何语言都难以说清的感觉。

如果你的心中没有爱情，你就不会拥有思念；如果你的心中充满爱情，思念就会不期而至。

在真挚的爱情里，思念是没有栅栏的，它无边无际，无遮无拦；思念是没有帷幕的，它无须化装，无须掩饰；思念是没有距离的，它无视时空，无所不在；思念是没有理由的，它无须借口，无须顾忌……

思念有时也是空旷的，相爱时人往往失去自己的世界，他的世界也不再有自己，他总是在自己思念的世界里生存。

而且，这种思念绝没有熟睡的时候。

如果思念只属于一个人，那无论如何都是一种折磨，但如果思念为两人共有，那它就具有比思念本身更大的魅力。

思念有时也是自私的，它可以使你由浮想联翩而妒意丛生。

相爱的人之所以时而单纯，时而复杂，时而肤浅，时而深刻，时而脆弱，时而坚强……都是因为，都是因为他们拥有了思念。

因为思念，往日的机智才消逝得无影无踪，做任何事都显得异常笨拙。

因为思念，即使在最平静的生活里，也总是显得躁动不安……

活过的人都曾拥有思念，但只有善良和重感情的人，才拥有更多的感人的思念。

少年的思念，往往带着幼稚的浪漫；青年的思念，往往带着痴情的不安；中年的思念，往往带着成熟的苦闷；老年的思念，往往带着凄苦的怆然。

人，有了思念，就无法不正视岁月沧桑。

尽管岁月可以带走青春，可以把所有的黄昏填满履历，但它无论如何也带不走思念。

因为永恒的思念源于爱情的永恒。

在你的一生中，如果有一个值得你思念的人，你就会时时感到充实和幸福。

弗兰克·布拉姆利《当蓝色的夜晚慢慢降临》

爱与真诚

不是所有的爱情都表现出真诚，但只有真诚的爱情才会使人回味终生。

当你深爱的时候，虽然可能失去金钱、地位，但只要留有真诚，就会永远无怨无悔，就会永远坦荡，就会永远使人感动。

在缺少真诚的季节，人最不该轻视与忘记的，便是别人在有意与无意中，向你袒露出的信任、理解、宽容与挚爱。因此，对真诚爱你的人，不要有丝毫的疏忽，要知道这疏忽可以使真诚的爱变为一种你始料不及的伤害。

金钱和地位往往可以使人成为一种象征。但世上最大的恩泽绝不是赐人以金钱和地位，而是真诚地付人以爱情。

对于地位和金钱，你可以通过同样的方式回报恩人，而真正的爱情却不必言及谢意，而只需回报以更多的真诚。

生活中许多真诚的爱，都以流泪、流血为代价，却极少有人为之懊悔，正是因为这种付出，才使相爱的人更加生动。

能够懊悔的，往往不是因为自己的真诚付出，而更多的是因为付出真诚却得到虚假的回声。

失去和善与良心的人不会有真诚的爱，更不会有爱的真诚。只有拥有真诚的人，生命才有更多的光芒。因此，世界上最该珍惜的，不是生命，而是真诚。失去真诚的人生没有任何可以存在下去的意义。

爱情是一种很复杂、很复杂的经历，哪怕受骗都要去爱你的人，你一定要百倍温柔地珍惜他，因为他是真诚的。

缺少真诚，只想去享受爱情的甜美，不愿或不想承担爱情的责任与义务的人，可能有一时甚至一世的愉悦，但他不值得去爱，也是最应被鄙视的人。

为真诚而爱、而活、而死的人，可能有一时甚至一世的悲哀，但他永远令人尊敬。

真诚之所以不老，是因为人们的爱情永远年轻。

在生活中，我可以选择无数种爱你的方式，只有一种永远也不必潜心选择，就是：时时以真诚爱你，让你的每个日子，都充满我朴实的真诚。

斯文·理查德·贝格《北欧夏夜》

我真诚地爱你，使你有了璀璨的岁月；你真诚地爱我，使我有了灿烂的人生……

请你记住这或许会使你激动一生的声音。

爱与事业

　　爱情与事业是永远不相矛盾的，二者绝不像熊掌和鱼那样不可兼得，必取其一。

　　伟大的人因事业而获得爱情，因爱情而辉煌事业；愚蠢的人却会为事业而割舍爱情，或为爱情而葬送事业。

　　许多事业成功的伟人背后，都有一些成功或失败的爱情。

　　成功的爱情，可以给其事业之路铺满阳光，唤起更多的激情；失败的爱情，则会给其带来更多的，面对困苦不低头、不沉沦的坚忍。

　　能够承受爱情之苦的人，起码是个精神上的强者。爱情的悲剧绝不仅属于弱者，只是强者的悲剧更能动人心弦。

　　托尔斯泰曾说："真正的爱情，不应该吞噬一个人的事业和理想，相反地应该成为鼓舞人们向上的力量。"因此，爱着的人们所要常问自己的应是：我的爱已给、正给、将给我爱着的人带去什么？我能够带去什么？我应该带去什么？

爱一个人，就意味着对其感情和事业负责。如果你真爱一个人，就要不断激发其对生活的热情和对事业的虔诚，而绝不是经常地诉说虽感人但不助人的悲伤。

爱一个人，很重要的是尊重、支持其事业，并把更多的爱倾其一身，以成就其向更高的目标攀登。把爱情视为形影相随的缠绵一生，是十分可怕而又短视的。

爱一个人，却非议、鄙视，甚至想改变其对事业的追求，是极危险的。一则可能因你的爱征服了对方，使其失去事业；二则可能既失去了爱情，又破坏了对方追求事业的情绪。

因此，爱一个人，绝不能凭一时的热情与冲动，而应站在高处做更全面的思考，以免害人误己。

在人世间，事业可能达到巅峰，甚至有许多意想不到的收获。

爱情则不然，能达到极致的爱情也许根本就没有，即使在最动人的爱情里，也都有许多或许会纠缠一生的遗憾。

爱情与事业总是站在天平的两端，具有平衡人生的相同重量，只是在不同的氛围里，各自有不同侧重的表

皮埃尔·奥古斯特·雷诺阿《阅读情侣》

现方式。

没有爱情为伴的事业，往往显得不够圆满，而有太多的缺憾；没有事业为基的爱情，往往显得浅薄飘忽，而有极少的成功。

事业往往由于无为而让人受到轻视的目光；爱情往往由于无悔而拥有令人颂扬的光芒。

热爱并成就你的事业，你便会拥有更多爱的情致与机会；珍惜并永恒你的爱情，你便会拥有更多成就事业的力量和事业成功的掌声。

爱情的明信片　一

●爱情是与生俱来，与生俱在的最深刻的情感。人生中最幸福与最值得炫耀的莫过于拥有爱情，而能使人生达到最痛苦与最无奈的也正是爱情。爱情之所以成为亘古不变的永恒的人生主题，就是因为每时每刻都产生着崭新的爱情。

●能使人达到忘我境界的，只有爱情，无论对国家，对民族，对事业。对人，尤为如此。而且，爱情可以使往日平庸的人现出光辉，使本已很出色的人更加夺目。

●一心想拥有世界的人，一定是缺少真正爱情的人。如果他真正爱上一个人，他可能会放弃世界。

●爱情是很复杂的东西，潜心研究爱情的人，或许能饱爱终生，但无论如何也难以成为"爱情的学者"，因为，爱情的永恒在于其普遍性，而爱情的珍贵却在于其特殊性，具有特殊性的爱情，是任何人都难以道明的。

●对现实中的许多爱情，人们总是习惯于用世俗的目光，去捕风捉影或指手画脚，其实这是很无聊的。而扼杀爱情的人，更是可恶的，他们总是戴着古老的面具去发泄自己的胆怯和妒忌。

●无论多么动人的爱情，如果是以牺牲别人的幸福为前提，都是一种有失道德的伤害。这样的爱情往往极易成为世人的谈资，更难得美满。

●爱情的力量是无与伦比的，它可以使人漠视一切，改变一切，造就一切，更可以迅速地使人忘掉痛不欲生的委屈与痛苦。

●情到深处人孤独。是的，只有情到深处，你才能对喜不自禁与苦不堪言做出更加贴切的解释。

●爱情的最佳结局，就是在深爱的时候，在无穷无尽的思念中分离，然后，在彼此岁月的尽头，重新走到一起。

●能学会忘记的人，你最好不要去爱他。

皮埃尔·奥古斯特·雷诺阿《绿衣读者》

爱情的明信片　二

●爱着的时候，人们都向往一种超凡脱俗的洒脱，其实很难做到。爱得越深，就越洒脱不了，即使做出来的洒脱也都是给别人看的。

●人们常为一些爱情的故事而悲伤、流泪，这大都因为这些爱在我们的人生经历中难以企及或者这爱的某个段落里有我们从前的影子。

●对于爱情，不论你以什么方式追求或拥有，你都不会有十足的如意。你总会或多或寡、或深或浅地体味出爱情中遗憾、无奈、苍凉的滋味，而可悲的是许多相爱的人对此却永远也不愿提及。

●在爱情中，有一种人是很危险的，他们总是在不同的时期、不同的境地，根据不同的需要，寻求、拥有不同的爱情。这种对爱的专而不一的结果，只能是失去自爱。

●爱情中没有清醒和理智，会使爱变得暗淡无光而又混乱无章，而过多的清醒和理智，却会使你难以体味爱情的真正滋味。

●爱情的美丽常常源于它的悲剧美，世间流传千古的大都是短暂、忧伤的爱情故事。

●人在失恋时的痛不欲生，大都源于对爱情的理想化。用理想化的目光去看待爱情，或许能获得理想中的安慰与幸福，但也一定会尝尽尘世间的失意和痛苦。

●爱情的许多失落感和悲哀都源于对爱人缺乏足够的了解，而全凭一时的感情冲动和由这冲动所激发的热情去爱。

●对于那些无奈而又无望的爱情，人们总是发誓要重活一次，其实这只是感情的自慰而已，爱是因缘而定，今生无缘，来世也未必就有。

●如果真的爱过，又失去了爱情，就不能没有遗憾和痛苦，那些常说"只要彼此爱过，就是无憾的人生"的人，不是没有真正爱过，就是在自欺欺人。

●如果你在爱着，你千万不要企望你的爱情平坦无折，过于顺利而平坦的爱情是没有什么价值而又乏味的。爱情中，你甚至可以有意制造出一些波澜，使你的爱情多一些对艰难的承受力，只是这波澜要适度，若在波澜中翻船才是事与愿违。

卡尔·拉森 《假日阅读》

爱情的明信片 三

●世界上许多平淡的事情都不容易长久，爱情也是如此，能流芳百世的爱情故事，往往充满了坎坷、无奈和伤感。

●人们常言：恋爱的时候，女人总比男人投入得很，往往不顾一切地去爱。其实，男人又何尝不是如此呢？爱着的时候，男人也往往有太多的激情而缺少理智。在爱情中理智的男人是个优秀的演员，但绝不是优秀的恋人。

●读爱情诗，总有一种似曾相识的遗憾，其实这不足为怪。因为，所有的爱情都十分相似，只是更换不同的主角而已。

●爱情中，如果思念只属于一个人，那无论如何都是一种折磨，但如果思念属于两个人，那就具有比思念本身更大的魅力。

●爱着的人，总是因善良而宽容，因宽容而大度，因大度而无怨地相爱，因相爱而疏忽了许多日子。

●在你被爱的时候，你最好能寻到被爱的理由，并十分谨慎地珍惜它、发展它。因为，你或许尚未发觉你身上的可爱之处，它正被你在无意中挥霍着。

●爱情中最可恶的就是虚伪，任何带有功利的感情付出，都会使那感情一文不值。

●在爱情中，有一种众人称颂的偏见，就是少想自己而多想爱人。其实，真爱一个人，在倾注爱心的同时，真的要多想想自己，多爱护自己，多珍惜自己，只有这样，才有更好的心情去爱对方。

●那些天长地久的爱情中，一定有超乎寻常的宽容与谅解。

●爱情中的男人和女人之所以神采飞扬，全是源于对爱人的遐想，没有遐想的爱情很难刻骨铭心。

克劳德・莫奈《春天》

爱情的明信片　四

●爱，原来就是永恒的忍耐，于是，我便在忍耐中寻求、期待着永恒。

●人可以淡忘许多轰轰烈烈的往事，但永远难以忘怀的是自己曾万分忠诚的感情，哪怕这感情只是极短的一瞬。

●爱着的时候，人总是欺骗自己，而可悲的却是自己对这种欺骗一清二楚。

●爱情可使人变得崇高，也可使人变得卑鄙，有些人即使在美好中也注定了要丑陋地活过一生。

●如果你真爱一个人，就永远不会轻视属于他的一切。

●在爱情中加入丝毫的功利，都是对爱情的亵渎。

●认识一个人的最好办法，是看他如何对待爱情。

●人有一大悲哀，在经过千辛万苦的追求之后，才恍然大悟，原来这并不是自己所需要的。如果针对一件物品，可能只是自嘲一番，但若是一段感情，就难免不为自己的人生留下遗憾。

●爱情的过程总是比结局要美丽和珍贵得多。

●爱到深处，人无法不孤独与寂寞，只有在孤独与寂寞的时候，才能赤裸裸地面对自己。

●一切关于男人和女人的故事，都无情地证明了这样一个残酷的真理——精神绝不是万能的。因为，生活总是由许多琐碎的充满物质的一切所组成。

●爱情的最高境界就是宽容，既宽容别人，也宽容自己。

●爱情不能离开艺术，但又不能只有艺术，否则，任何纯美的追求，最终也会走向乏味。

●爱情的不牢固总是源于双方都没有付出惊心动魄的代价。

●人对自己的一生都不必，也不能想得太仔细、太美好、太顺利，因为坎坷无处不在。对于爱情更是如此，只要爱得无愧无悔就已足够。

●也许生活中有太多不忍、不愿，但又必须得放弃的情感，才使许多人失去心的平衡，而心甘情愿地走向悲剧。

●世间的爱情总是大同小异，人们总是在别人的爱情里，流自己的眼泪。

琼·布鲁尔《纯真》

●愿上帝保佑你，另一个人也会像我一样爱你。

●对爱你和你爱的人多一些理解和关怀，会使你更加夺目和可爱。

下雪的日子

　　下雪的日子，我独坐窗前，想你流泪的样子。此时你在很远的地方，洒脱而柔情万千。

　　此刻想你，一定是我的过错，可不想你，我还能做些什么。

　　雪虽然陌生，却让我感到幸福降临时的柔美与亲切，我总把它想成遥远的祝福，尽管这雪可能与你一点无关。

　　下雪的日子，使我想起了夏天，想到那些扑面而来的温暖，想起山路荆棘和湖水，想起迫不及待的相约和幸福淋漓的时刻，甚至远行，甚至泪流满面的情感……我因亲近你而疏忽了所有的人，我因热爱你，而又给许多人愉快的笑脸。

　　但面对雪去回首夏天，我心里不知是什么滋味，而且第一次感到雪的残忍。

　　也许就因为我们有太多无法掩饰的自尊，才有了那么多消瘦而忧郁的岁月，也许我们都因为缺少忍耐而不够冷静，才使这雪更加冷寂而不及过去的缠绵。

下雪的日子，我习惯于在关于你的幻想里吸烟，姿态优雅而又可笑、可怜。

尽管目光里充满泥泞，我仍固执地等你的声音，在雪中重温你的笑容。

尽管这对你可能是一种不幸，但我仍以夏天的名义，请你，请你在回忆往事的时候，对着我的名字叫上一声。

下雪的日子，行人依旧无聊而步履匆匆，尽管钟声已催眠了岁月，可这城市依然兴味正浓。

这夜晚，你冷不冷？

当一切都随眼泪流过寒夜，我不知道，不知道还能向你倾诉什么，既然无论如何也走不出你的目光，那就让我在你所及之处，继续潇洒成亘古不变的风景……

也许，你该珍视的东西，至今也未在你的手上，那就什么也不要说了，说什么我都特别，特别难过。

拥有你的时候，我挺拔于坚实的骄傲，流泪都十分感人，失去你的时候，我成为一个孤独而无助的孩子，想轻松又难以轻松，想空灵却空而不灵。

下雪的日子，许多为爱而劳累的人，在雪中入梦，而我的心却无归处。

威廉·格拉肯斯《绿衣年轻女子》

明天，我爱你依然

无数个深夜里，童安格已清晰地唱了很久——明天，你是否依然爱我。

为什么总是这样，总是这样问我，难道你的心头真的常常流淌着这条忧郁之河？

但是，只有醉过才知酒醇，只有爱过才知情重，你早该明白啊——

明天，我爱你依然。

世界上最值得原谅的欺骗，就是对爱情的隐瞒。可以忘却或能埋葬爱情的人，不是无比卑鄙与自私超群的势利小人，便是根本就不曾真正爱过别人的人。

而且，对爱的淡漠，更没有多少高尚可言。这些我早已说过多次，对爱情我或许比你有更多的眷恋。

一曲伤感的歌可以加重春天的寒意，却无论如何也阻止不了爱情之花烂漫枝头，不要总以忧伤面对世界，更不能总让不安常伴左右。

真诚的爱可以写在脸上，让喧嚣的街上增一份温柔，也可以埋在心里，给世界添一些富有。将来固然重要，现在更是关键……

明天，我爱你依然。

尽管面对渐退的潮水，所有的海市都消失了踪影，尽管每次偶然都留下难堪与无奈；

尽管我曾无数次、无数次不堪重负地要和你说再见；

尽管永远难窥你心的澄澈；

尽管我喜欢唱着：既然曾经爱过，又何必真正拥有，即使离别，也不会有太多难过。

但为不让湿润的悲哀溢出眼眶，我真的不能，真的不能无怨地离开……

明天，我爱你依然。

爱情中最可怕的就是不断地原谅自己而苛求爱人。拥有爱情是幸运而惬意的，但珍惜一颗坚定的爱心比拥有爱情更令人感动。很难想象，一个连爱情都不珍惜的人，会珍惜人生。

也许只有我才会去怀念那美丽而沉重的时光，在歌声中寻找更多难得的安慰；

也许只有我才会永远地一往情深，在任何时候都诚心地恭候你光临；

柴尔德·哈萨姆 《在阳台上》

也许只有我才有永不减弱的挚爱，即使一无所有，关于你的记忆仍与我相依为命；

也许只有我才配拥有你的钟爱，使你即使在冷漠中也能随时点燃激情……

尽管夜里的每首歌都使人动情，尽管所有的音符都融入夜色，尽管所有爱的故事都在重复着一个熟悉的旋律——我深深知道，那绝对不是我。

但我却在明亮的灯下，固执地唱着：明天，我爱你依然，爱你依然。

不该这样

于是，在这冬夜的一角，我为一条你久寻不及的道路，突如其来的选择以及莫名的冷漠，而独自失声痛哭。

冬夜很冷，任何语言也难以温暖我的心情。你不该，不该这样。

我相信，真的相信，过去，现在，或许将来，你都爱我依然；

相信你所有流泪的许诺，都如你永难衰老的笑靥；

相信你的目光早已跨过世纪的围栏，虽不再伴我奔跑，但在我冲刺的时候，你早已守在终点；

也相信你的一切选择都并非出于轻松和偶然；

更相信你会把离别之苦埋到心里，而长出的也一定是对我的牵挂、祝福与不安……真的，真的相信你，尽管有那么多，那么多难以诠释的理由，尽管理解比接受更难。

可是，你不该，不该这样。

爱情真是一种宗教，只要相信，便虔诚地信仰，只要信仰，便终生难以改变。

神圣的教徒可能穷困一生，但更能有视苦为乐、视死如归的大气，深爱的人可能痛苦一世，却无论如何也难得奇迹般的圆满。

炎热的盛夏因你而炙手，潇潇秋雨因你而横溢温暖，可这是冬天，冬天过后，不一定就有山花烂漫。

尽管我多么多么渴望你能继续充实我的日子，多么多么希望前进中有你相伴，可你冷漠、陌生又义无反顾，你不该，不该这样。

既然，你曾选择我同行一程，我就要走得认认真真，决不能让你感到孤单。

既然失去你，无论如何都难以避免，那就不要说了，离别也不必有世俗的借口，我可以承担一切，只要你，只要你真能心如静潭。

你相信吗？即使你走到我平生无法企及的地方，你也走不出我心灵的注视，使你在现实的欢欣与满足里，被我思念⋯⋯

冷漠终究代表不了回答，该变的情谁也无力唤回，不变的心谁都无力改变。

即使所有尘封的温柔都成为难以启口的往事，我也会在湖泊般安详的泪水里，平静地回到从前，而且，永远也不会说：夏天，与我无关。

克劳德·莫奈《红头巾的女人》

偶　然

在这喧嚣的一隅，你站在那儿摆出若无其事的样子，这相见好像纯属偶然。

我知道，我知道你一定是在那儿等我，走近些好吗？

让我再看看"你那写满温情的脸"。不要急于说再见，你我都十分明白，走入这"偶然"该有多难。

望着你的凄楚，我无论如何也难以坦然，我还像过去那么爱你啊！

尽管相识的春天已走出很远。春天里播种的恋情免不了有许多浪漫，也许真的难以承受秋风与寒冬的考验。

可是，我依旧像过去那样爱你，尽管现在正是柔情四溢的夏天。

读着你的无奈，我再不敢仔细看你，只能无言。

别后的日子你还好吗？

那样多的重负压在你的肩头，我只能，只能给你送去遥远的祝福，只能，只能在心里对你日夜挂牵……

多么想再让你靠在我的肩头熟睡片刻，多么想再吻一下你流泪的双眼，多么想再为你分担些什么，多么想再向你倾诉离别的惆怅与相悦的心愿，多么想再轻抚你零乱的秀发，多么想再与你共同走进那熟悉的门槛……

你静静地站在我的面前，可以闻到你呼吸的芳香，但我深知，在我迷醉的时候，你已走出很远。

你真的不该这样待我，任何时候说再见都不会显得太晚。

我永远不会问你，是否还爱我依然，是否还珍视那热烈如火的爱恋，是否还在信守缥缈的海誓山盟，是否我们已走到缘分的终点……你我都难以回答这永不能启口的问题啊！何必给回忆留下更多的负担。

无数个日日夜夜，我端坐窗口一支接一支地吸烟，幻想你奇迹般出现。

可每次见你都是那么忧郁，熟悉的脸上印满陌生的伤感。

你不该这样，不该这样啊！你的忧伤会使我憔悴，你的痛苦会加重我的焦虑，你的悲戚会使我惴惴不安。

默默地与你告别，默默地把眼角的泪擦干。对于爱情，我不求无过，但求无悔。

埃德蒙·塔贝尔《夏日微风》

真正爱过，又何必以虚伪的潇洒掩饰内心的缠绵。

鬓边飞雪时我也会说——真的爱你。尽管我们之间有那么多那么多永难涉过的江河，那么多那么多永难翻越的高山。

走出这偶然中的必然，回头望你，我才明白：对于爱情，最难的是从从容容，最真的绝不是平平淡淡。

今夜有雨

今夜有雨，我独坐窗前静静地想你。纷繁的日子可以让我言不由衷地善待许多，但我仍不想回避，也无法回避去想你，因为今夜有雨。

今夜有雨，这雨把城市洗得洁净而清晰，可怎么也难以洗去爱的思念与忧郁。

爱情可以使人淡漠很多值得记忆的往事，更可以使人具有超常的激情和默契。

今夜有雨，所有的灯火和繁华都已经悄然睡去，我仍独坐窗前固执地想你。

该给你打个电话，又真怕，真怕惊扰你梦的静谧，你说你的梦早已被我占领，那又何必，何必去多此一举。

该给你写封信，又真担心，真担心那绿色的信使对这情感做唯一错误的投递，更担心那信中的一切都词不达意……

爱情，真是绝顶伟大，爱情，任谁也难以做出准确的定义。

今夜有雨，在这雨中，我思考着爱情这一永恒的主题，却怎么也找不到我来时留下的足迹。

对于爱情，绝不可听太多的誓言，许太多的承诺，因为所有的誓言和承诺都难以经受岁月的沧桑和风雨的荡涤。

要爱，就要爱得真实而无所顾忌，这样才能为生活、为爱人留下更多无言的感激。

爱着的人总把自己想得超然于世人，总把自己的爱情想得那么气壮山河，可歌可泣。

真的，所有爱着的人共同具有的一大幸运与悲哀就是，常常为自己爱情的梦想和梦想的爱情而沾沾自喜，不断心甘情愿地欺骗自己。

对于我们的爱情，我真的坦然而无愧无悔，因为我清楚：在爱情中谁都难免客串一场悲剧，人生永远没有不散的筵席。

拥有你的爱，我充实而自信；失去你的爱，我至少还有你留下的温馨回忆。

今夜有雨，我独坐窗前投入地想你。

在人生的舞台上，人人都扮演着不同的角色，爱情就如同一支贯穿始终的主题曲，聚聚散散，分分离

柴尔德·哈萨姆 《雨中黄昏》

离，欢欢乐乐，悲悲戚戚，谁都难以改变它的语言，更难以更改它的旋律，我们所能做的，只是共同把它唱得温婉动人，出色无比。

今夜有雨，我独坐窗前无奈地想你。这时，我难免想起一句朋友的名言：我们都该好好地活着。

是的，真该好好地活着，为了你，也为了我自己。

今夜有雨，我无法不亲切地想你，因为你和我对这雨都是那么熟悉。

年轻的爱情

年轻的时候，总免不了要有一次或几次爱情；

年轻的时候，总不忍把年轻的爱心深深地、深深地珍藏；

年轻的时候，总不吝惜为爱情流那么多那么多动人的眼泪；

年轻的时候，总舍不得错过任何一刻拥有爱情的时光。

爱着的时候，总想远离众人，只想独自一人去品味爱的甘甜和紧张；

爱着的时候，总是无比自信，再大的选择也无须和任何人商量；

爱着的时候，世上所有的一切都含着迷人的微笑；

爱着的时候，所有的过错都可以被原谅；

爱着的时候，所有的誓言都不再显得浅薄；

爱着的时候，所有的许诺都敢于承担。

这就是年轻的爱情，没有来时，对它有太多的希冀和渴望，到来时，总觉得自己拥有着人世间绝无仅有的幸福，而失去时，又感到世界上所有的悲哀都在自己的身上生长。

年轻的爱情，喜则喜得山花烂漫，满目阳光，悲则悲得愁肠万断，举目凄凉。

年轻的爱情，就是这样，就是这样。

为了一次迟到的约会，可以设想出许许多多不幸的降临；

为了等待一个温情的电话，身边的一切事情便失去了其所有的分量；

为了一次短暂的离别，可以流出江河般汹涌的眼泪；

为了一场难免的误会，会把世界想得没有一点光芒……

年轻的爱情，往往忘记自己，而爱人的一切都显得无比辉煌。

年轻的爱情，就该这样，就该这样。因为爱情真的可爱而绚丽，青春又真的不长。

珍惜那年轻的爱情吧，它真的可以使你变得聪明，聪明得连你自己都不觉得惭愧；

它真的可以使你变得出色，出色得对任何赞美都觉

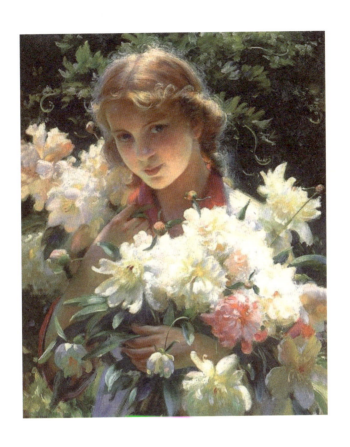

查尔斯·考特尼·柯伦《芍药》

得理所应当；

　　它真的可以使你变得超群，会使你觉得比任何人都风流倜傥；

　　它真的可以使你变得充实，充实得具有无边无际的温柔和无穷无尽的力量；

　　它也真的可以使你变得吝啬，吝啬得不舍得浪费一寸光阴；

　　它更真的可以使你变得干练，会使你做任何事都做得超常漂亮……

　　年轻的爱情，就是这样，就该这样，它使你尝尽人间那么多温馨的美丽和醉人的忧伤。

秋夜，想起爱情

　　秋天的夜晚，城市脱去盛装，如失去火热的爱情，变得那样苍凉而冰冷。

　　不想再诉说什么，所有的倾诉连自己都难以感动。

　　叶子落了，明年可以复生，或变成泥土，滋养着伟岸的生命，失去的爱，虽然永远难再，但毕竟是不可缺少的过程，丰富了本不灿烂的人生。

　　把所有过去的日子，都倒进你熟悉的杯里，然后一饮而尽，连同我最初的真诚。

　　世界已重新给我一个起点，我又重新给自己一片宁静……

　　真的，有些事，做了就不能后悔，有些话，永远不该细听，有些泪，流了就不该抱怨，有些人，永远不必苦等。

　　自己才是自己的救世主，过多的眼泪只能使自己的世界更加迷蒙，也只能黑暗自己的人生。

　　是否所有伟大的终点都如一把骨灰那样渺小；

是否所有的爱都如林黛玉般弱不禁风；

是否所有的温柔最后都要变得可怕；

是否所有的微笑都要留给人以狰狞。

问天的人，已化作滔滔江水，葬花的人，也只能留下一枕春梦。

自己的歌总要自己去唱，自己的路总要自己去行。

此刻，我不再去讲述那些动人的不眠之夜；

此刻，我不再去擦被泪洗过而不明亮的眼睛；

此刻，我不再为艺术语言的匮乏而感到羞愧；

此刻，我更不再因自己的无奈与怨愤而付出真情。

我们都不该那样地面对世界啊，我们更不该给自己留下太多的沉重。

为了更好地生活，我们都免不了戴上面具，去与虚伪开怀痛饮，去和真诚谈笑风生。

不要责怪，真的不要责怪。

因为，生活里的确有太多太多难以抵御的奢望和诱惑，岁月里的确有太多太多难以涉过的坎坷与泥泞。

爱着的时候，我们也免不了许下连自己都难以兑现的诺言，使爱情充满遥远的希望和俯拾即是的激动。

不要责怪，真的不要责怪，对爱情，还真需要太多太多的海誓山盟。

查尔斯·考特尼·柯伦 《制灯的女子》

对于爱情，不管它持续的时间有多长或多短，都是一段珍贵的人生。

最残忍的结局是爱过而留下太多的怨恨，或把自己的日子看得无足轻重。

对于曾经相爱的人们，不管是天各一方还是相伴终生，都该留下更多的感谢和真诚。

此刻，我真想给街上所有相拥的人们，讲一个关于爱情的故事，告诉他们爱情的伟大和美丽，也告诉他们爱情的无奈和创痛，并坦诚地告诉他们——故事主人公的姓名。

你的心情我永远不懂

你的心情我真的永远也不懂，你全部的生活我也真的无意看清。

在分别的时刻，我只能独自抚着你留下的创痛，认真地对你说：生活中有坦途，更会有泥泞，谢谢你给了我那么多，那么多感动。

想不出你现在的样子，摸不透你此刻的心情。

但我常常这样告诉自己：既然曾有过相爱的瞬间，又何必有太多的追悔，为本来就不轻松的生活，增添更多的沉重。

那水手说得多好啊——"风雨中这点痛算什么，至少我们还有梦。"

是的，既然有梦，我们就不会有空虚的长夜，更不会有无所事事的人生。

尽管没有什么比爱情中的许诺更加廉价，尽管没有什么比这结局更加让人吃惊，我还是愿意像过去你对我一样，深情地目送你的背影。

生活中最可怕的是无聊和平静，生活中最可悲的是用自己的双手，毁灭恬美的心境，生活中最可怜的是奉假意为真情，生活中最可惜的是失去难得的完整。

所以，人们才那么倾心地去为生活而搏击，去为爱情而奋争。

既然生活里本来就有那么多的无奈和痛苦，失去爱情，也绝不证明我们无能。

爱情诚然可贵，但它也绝不是生活的全部内容。

生活不相信眼泪，更不需要被爱折磨得变形的面孔。

对于自己走过的道路，无论是对是错，都是一段人生。

仰望如洗的天空，心，格外清澈透明。

但想起你的海誓山盟，我真的，真的难以平静。

对你，我不会有什么怨恨，我也真的不能。

既然我们都无法看到生命的终点，换条路去走，也许会更加开阔，更加安宁；既然有更高的山要去攀登，也真该换上更粗壮的缆绳。

生活中少不了浪漫的诗意，可生活中充满了诗意的浪漫还真的不行。

因为，我们所面对的毕竟是变幻莫测而现实的时代。

弗兰克·布拉姆利《美丽的孤独》

因为，我们的理智毕竟总是难以战胜汹涌澎湃的感情。

因为，因为我们毕竟多情而又年轻。

你的心情我真的永远也不懂，你全部的生活我也真的无意看清。

此刻，你是否还需要我的祝福，你是否还看重我的真诚，你是否还会为我而流泪，你是否还陶醉于我的掌声。

若干年后，你是否还会想起有怎样一个人，曾经与你同行的一段路，曾经与你共有的一段情。

真的，对于过去，我永远也不会忘记，尽管对你的心情我永远也不懂。

也许我真不该来

也许，也许我真不该来，你的世界早就有那么多，那么多迷人的风采、簇拥的人群和并不整齐的歌声，使你可以淡漠任何存在。

我真的不知，那夏日笔直的阳光和温馨的誓言，是否曾经夺目而热烈地盛开。

爱情够沉重了，它真再难承受朝起暮落的许诺，它真再不忍轻信飘忽不定的表白。

对爱情，投入真诚，可能收获数倍于付出的欢欣，也可能得到数倍于付出的悲哀。

我们讴歌爱情的永恒，是因为我们对爱情有太多的依赖；我们诉说爱情的短暂，是因为我们对爱情有太多的无奈。

此刻，提起爱情，是因为那些灿烂的日子永远难再，是因为你还有未泯的善良，是因为我还有坦荡的胸怀。

但尽管如此，也许，也许我真不该来。

或许只有我们相识的山冈，还记得我们曾怎样热烈地相爱；

或许只有闪烁的街灯，还记得我们曾怎样焦灼地互相等待；

或许只有那些温情的文字可以留作永久的纪念，或许只有那遥远的雪还能记得我们当初的洁白。

但一切都早已物是人非，逝去的，只有我们自己清楚，保留的，我们自己也说不明白。

也许，也许我真不该来。

不要有太多的抱怨，仿佛只有你在把痛苦咀嚼和掩埋，不要有太多的悔恨，仿佛只有你尝到了凄楚和悲哀。

爱情是因缘而生，因情而聚。不必，真的不必刻意寻找一个与自己无关的理由，才画上句号；不必，真的不必刻意使对方觉得自己受到了多少伤害。

因为，今后的日子，我们还有机会彼此对视，过去的岁月，你我谁也无法更改。

我知道，你再不愿我去触及你生命中那些情节，我知道，你也不愿意我憔悴着没有一点光彩……谢谢你，真的谢谢你，在这瑟瑟秋风里，还能时常送来让我激动的关怀。

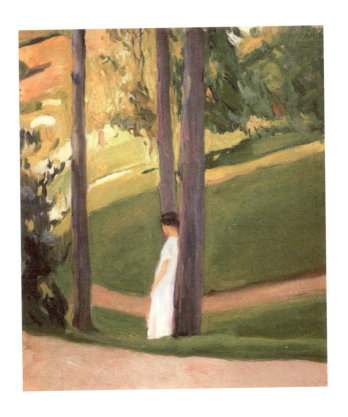

华金·索罗拉《圣塞巴斯蒂安景观》

但想想过去，看看现在，我真的不知所措，也许，也许我真不该来。

默默地目送你绰约的背影，我不愿再说什么，只能悄悄地悄悄地把一切遮盖。

真的，证明过去是多么容易，只要你，只要你把记忆轻轻地轻轻地翻开……

可回忆过去已没有丝毫的意义，谁又能对历史有太多的依赖。真的，也许，也许我真不该来。

对于爱情，沉默绝不意味着轻松，喋喋不休也绝不象征着真爱。

因为，相爱的经历与情感只属于自己，谁能看得清楚，谁又能说得明白。

对于爱情，我有这样一种渴望，就是在失去爱情的时候，不要让相爱的日子改变颜色，而要使未来的日子充满真诚的祝福和真正的愉快。

也许，也许我真不该来，但我们毕竟真实地相爱。

留一片天空给你

　　没有办法更改与你的相遇，没有办法拒绝你的柔情与蜜意，没有能力与你共同走完曾经永恒的约定，没有理由让你承受更多的无奈和委屈。

　　然而，当我们重新坐到一起，你仍然保留着相识前的理智与矜持，你的心真能平静如初吗？我真的，真的不能，我会永远留一片天空给你。

　　留一片天空给你，使你可以像云朵般在这里安详入梦，更可以像小鸟般在这里飞来飞去。

　　留一片天空给你，也就是把真诚留给自己。相爱的岁月在这里变得清晰，谁也不会否认那岁月的真实，谁也不会相信那泪水里流淌着虚情假意。

　　留一片天空给你，让那虽消逝的爱，在这里永恒地延续，尽管它早已失去往日热烈的光彩，可它仍然具有那只有你我才能感知的魅力。

　　留一片天空给你，在这炎热的夏季。

　　夏天是爱情的季节啊！可没有你，这季节又显得多么缺少生机。

这盛夏的天空不再有你的微笑与问候，而记忆中的一切也都永远难觅。

在这样的夏天想你，我没有丝毫的愧悔。既然真诚地爱过，任何时候的思念都不会显得多余。

世界上有多少爱情，就会有多少悲欢离合的故事，就会有多少或喜或悲的男男女女。

终生相依的爱情固然可贵，无奈的分手也绝不应成为怨恨的前提，因为我们毕竟同顶一片天，同踩一块地。

真正的爱情应使人变得崇高，而绝不应对过去的选择都产生怀疑。

留一片天空给你，使你在任何时候都不会感到孤寂。

既然爱情需要更多的理解，那我就留一片天空给你，使我能时时在温馨的回忆中祝福你，真的，即使你一贫如洗，也会有，也会有我的爱与你相依……

留一片天空给你，因为，我真的爱你。

约翰·辛格·萨金特《溪边读书的女孩》

我不想再说

我不想再说，如此缤纷的夏天告诉我该怎样保持沉默。

逝去的岁月和曾经拥有的一切，都提醒我不再去想是我有负于你，还是你对不起我。

对于爱情，真的难以辨别谁对谁错。

但今夜无眠，我不想再去宽慰自己，欺骗自己，更没有自责。

你的背影早已走出好远好远，何必总去幻想诗意的告别。

人生，不是每件事情都一定要有结果，有时过于清醒，也是一种负担，一种折磨。

即使在今夜，我仍然情愿相信那些流泪的日子真的来过，我仍然情愿相信我曾真正拥有过你，你曾真正地爱过我，我仍然情愿相信你的憔悴都源于为爱而生的痛苦，你真的，真的为我承受了许多许多。

情愿相信这些，是因为我珍惜那真诚的挚爱和岁月，尽管我难以相信，属于我的绵绵情话芳香未尽，你却又有了新的选择。

谁也不会知道，有一些生动的日子，你我是怎样度过，有一首感人的歌，你我是唯一的作者，谁也不会知道，你的洒脱里有怎样的喜悦，我的沉默中有多少难过。

爱情的降临总是源于互相的倾慕与不甘寂寞，爱着的时候，总不愿相信有春夏秋冬的变幻，理智也往往失去它应有的光泽；爱着的时候，总是眼含感激的泪水，总是具有惊人的气魄，即使牺牲自己的一切，都觉得是那么值得……人们总是这样善待爱情，向往爱情，世世代代，岁岁年年，重复着这样一首无尽的歌。

我不想再说，在你青春的路上，我也许真的只是一个匆匆过客，在你人生的舞台上，我也许真的就是一副道具，只能充当没有台词的角色……真是这样，如果真是这样，我还要去说什么。

此刻，所有故事都已讲完。

所有的情节都汇入记忆之河，所有的真诚在尘埃中都失去了应有的鲜艳，所有的往事都凝成一尊雕像，立在你所及之处折磨着我。

也许我真是一个尚未长大的孩子，才会留下这么多

安德斯·左恩《埃本·理查兹夫人肖像》

迷惑；

也许人生本来就是这样，充满悲欢离合；

也许你许诺的时候就是漫不经心；

也许你的爱情就是使爱你的人在痛苦中走向最后的沉默，而你微笑着也显得无可奈何。

但人生的路还那么漫长，既然曾真诚地相爱，又何必计较太多，既然选择这样迷人而残忍的方式分别，也真的，真的不必有太多难过。

我不想再说，其实我真的不知还能说些什么。

此刻，不谈爱情

不是一切温情都如过眼云烟，不是一切承诺都充满谎言，不是一切结局都只能留下怨恨，不是一切爱情都拒绝圆满。

只是在这熟悉的夏夜，我无法不黯然神伤，无法再走回从前。生活中有怡人的幸福，也难免有无尽的辛酸。

不需要再向你倾诉什么，此刻，多么生动的话都是一种负担，这生动不再有迷人的光彩，只能让你感到无聊和讨厌。

不需要再听你解释什么，所有的解释都难以自圆其说，何必再保留那难分难舍的情意绵绵。

爱情，需要温柔和真诚，更需要激情和果敢。

真正的爱情，可以有那么多那么多无奈和遗憾，但任何力量都难以把它摧毁，使它改变。

现在，我真的不敢相信，昨天的一切是否曾真正地出现。

爱情中，难免有太多太多的幼稚，总把爱情视为唯一的生命；

爱情中，难免有太强太强的自信，总以为自己瘦弱的身躯可以承受世上所有的磨难；

爱情中，难免有太真太真的情怀，仿佛只有真挚地去爱，才会使爱人幸福，自己坦然；

爱情中，难免有太多太多的善良，仿佛人间从来就不曾有、不该有对感情的欺骗。

尽管这样，对爱情也不该有一丝的怀疑和痛悔，因为那温馨的岁月，早已成为自己人生履历上永远值得自慰的纪念。在这喧嚣的世上轻松地走过，真的不易，人生也真的太短。

就是为了爱情，也该走得认认真真，清清白白，而绝不随随便便。

只有这样，我们才能在满头飞雪的时候，对自己的一切都不会有太多的遗憾。

对于爱情，人们总是倾注那么多、那么重，连自己都难以驾驭的情感。

情到深处，没有人愿意相信爱情的哲学，也没有人愿意相信爱情中还有悲哀和凄惨，更没有人愿意让别人看见内心的苍凉和镜片后的一双泪眼。人们总是这样善

劳拉·奈特《读书的女孩》

待爱情。要爱，就爱得刻骨铭心、死去活来、天昏地暗；要恨，却恨得那样勉强，那样软弱，那样外强中干。

当你拥有爱情的时候，请你一定要，一定要珍惜那每一个瞬间，而不要，不要有丝毫的疏懒，因为爱与被爱都那么令人心驰神往。

而当你失去爱情的时候，也请你一定要，一定要留下更多的缠绵。

因为，付出就是一种收获，何必为了一时的痛快，而毁灭内心无悔的宁静，使自己一生难眠。

因为，那样多，那样多温情的文字还没有凉尽，那样多，那样多温柔的情话还响在耳边，真的，那样多相爱的日子该多么多么值得留恋。

此刻，尽管不与你谈爱情，但我们同样共同拥有一个熟悉而温柔的明月和一片亮丽的蓝天。

再说声爱你，就平静地走开

投入地爱你，也许真是我的错误，但我也真的无法躲开。你的帆影早已驶出视野，我仍然，仍然在岸边独自徘徊。

不会有你再为我感动，不会有你再为我喝彩，不会有你再为我流泪，不会有你再为我等待。

在这样的时刻，我也许，也许真的，真的应该平静地走开。

爱情真如一场幻梦，拥有时，谁都不怀疑它的真实，而且尽情地挥霍；梦醒时，方才知晓这失去的一切永远难再。

只是任何痛悔都已没有丝毫的价值，但既然爱过，又何需那许多累赘的表白。

如果真能用我的沉默换取你的宁静，如果真能用我的痛苦融化你的悲哀，如果我的衰老真能粉饰你的青春，如果我的冰冷真能温暖你的情怀。

那我就情愿什么也不说了，我只有这样一种选择——再说声爱你，就平静地走开。

也许就因为对你的理解总是多于了解，才使我从浓重的情中难以走出来，也许就因为春风太柔，才使我们尝尽这苦涩而无望的爱。

请允许我，允许我再说一声"爱你"，然后，我就平静地走开。

既然迟早都要经历离别之苦，那又何不早些把心旗挂在窗外；

既然我们心中那古老的墙，谁也没有能力把它推倒，与其望墙长叹，倒不如让它长满青苔；

既然流泪的日子已成动人的历史，大胆地说声再见，深情地道声祝福，也足以显示大度的气派。

再说声爱你，我就平静地走开，你我都懂得这里面有多少凄楚和无奈。

在你的记忆里，回忆是否还美丽如初，心中是否还有那么多怨艾，我是否还有那么多感人与生动，我是否还有令你目眩的风采……

真该与你握一下手，只是相隔着这沸腾的大海；真该送你一程路，只是怕你每时每刻都难以忍耐。

相爱的人，尽管分手也该留下一份关怀，夏天虽也有冷风习习，但冬天毕竟离得太远，暴雨也不至于来得

亨利·纪尧姆·马丁《农夫和牧羊女》

太快。

为了我们共有的情，为了我们曾有的爱。再说声爱你，我就平静地走开。

因为，曾经迷惑的我终于理解；因为，曾经糊涂的我终于明白。

如果一切重新开始

如果一切重新开始，我是否还能为给你送去一片无言的温馨而跋涉千里，是否还会在那些你不愿再企及的地方，为你洒下淋漓的骄傲，是否还会在你必经的路旁栽下浓密的相思林，无怨地为你遮风挡雨，是否还会对那些恼人的故事过于敏感和在意。

如果一切重新开始，你是否还会为我而精心布置舒适的时光，随时等待着与我相聚，是否还会忘记一切，在我怀里毫不掩饰地为自责而哭泣，是否还会因为我的审慎小心而大发脾气，是否还能为了我而推去所有的繁华，是否还能在任何时候都反反复复地、反反复复地告诉我：爱你。

也许会的，因为我们拥有相同的过去。也许一切都不会发生，我们只是擦肩而过，彼此的存在于对方都没有丝毫的意义。

但有许多事情，是无法改变的，尽管现在我已没有如初的魅力，如褪色的青春，早已刻上岁月的年轮，留下的除了回忆，还是回忆……

许多答案我无力再去苦寻。

人，有一大悲哀，就是苦苦地保留不再属于自己的东西。

真的，我真的何必，何必总用你的过错来折磨、惩罚我自己。

我可以永远永远不再提及往事，像一切都不曾发生，使你能在辉煌的日子里渐渐地彻底把我忘记；

我可以在所有相约牢记在心的时刻，不再送去早已被你漠视的问候，使它在枯萎中渐渐地逝去；

我可以把所有的委屈和眼泪都留给无人的暗夜，我也可以在我最痛苦、最需要你的时候，也不再，不再为牵你的手而去打扰你。真的，真的，既然这一切，你都十分愿意又十分满意。

如果一切重新开始，我是否还会很平静地善待那些不平淡的微笑，是否还会让思念浸泡的夜晚给我带来太多太多的沉重，是否还会把所有的过错全揽给自己……

当所有盟誓都随落叶融入泥土，当一切喧嚣都无声无息，你能否停下来，回首一下你酸辛的足迹，你能否还在相似的日子里，温柔地，温柔地把我想起。

这些答案已不再重要，因为一切已都在我的生命里

埃德蒙・布莱尔・莱顿《婚礼签字》

茁壮成永不褪色的记忆。

不论那些岁月究竟带给我们什么，这些答案也都已不再重要，因为我们所有的幸福与痛苦，快慰与悲哀，相聚与别离，都早已成为永远也不能重复的过去。

再短的路也是一段距离，再灿烂的人生都要归于平静的土地。

只是，只是在你平静的时候，也能如此思考一下这些问题。不是为了我，也不是为了你，而是为了不再重复那些缠绕着痛悔的美丽。

如果一切重新开始，你相信吗？还会有今天这样的结局。

因为，你曾真的爱我，我也曾真的爱你，而能拯救与改变我们的，只能是在爱情中逐渐成熟起来的自己。

晚安，我的爱人

　　下雪了，我无法拒绝这不请自来的冬天，一如我无法拒绝与你的相恋。

　　关于远方的回忆，若无其事地在这雪中招展，我知道你早已化成雪水，随波流向遥远，我知道我早已凝成冰山，俯视着这人间冷暖。

　　冬天，总是有太少的火热，太多的伤感。

　　爱情，总是有太少的永恒，太多的遗憾。

　　想起那些日子，我知道一切都无力改变，没有什么可以聊以自慰，所有的情节与经历，都使我感到难过和无颜。

　　我们并不出色，世人皆醉，我们也睡意正酣……曾经自信的一切，都使我难以将结尾的句号画圆。直到面对冬天，我才深深地明白，那么多，那么多幸福的感觉，都源于对自己的欺骗。

　　我真的不想正视冬天，我也真的不再奢望圆满。消逝的，也许本来就不属于我；留下的，又常令我有太多的迷惑与不安。

此刻，真想与你做一次长谈，尽管我深知这很难很难。因为所有的回答都在意料之中，尽管还有那么多礼貌的委婉。

此刻，真想约你到那熟悉的街上走走，重复一下昔日忐忑的浪漫，可我知道，这一切都早已成为流去的河水，谁也无力使它回返。此刻，真想……但我知道，这对你真是一种永不想企及的麻烦。

也许，所有相爱的人，都钟情这飞雪漫舞的冬天，也许，所有走过的人，都许下过洁白的誓言。

只是，谁都难以望见前方的道路，只是，匆忙的青春之水，真的很难将心洞穿。

于是，才有了那么多凄楚；于是，才有了那么多难眠；于是，才有了那么多悔恨；于是，才有了那么多抱怨。

其实，爱情也如这美妙的冬天，冰冷的天气，更能使人体味爱的温暖。

可是，我又真的不明白，爱情，又怎么能，怎么能留下那么多冷的血，冷的心，冷的面孔，冷的情感……

我真渴望那样的爱情，即使相隔千山万水，即使永不再相见，只要，只要爱过，就会给予更多的牵挂和思念。

雪夜过后，该是亮丽的明天，你会感到惬意与满

阿尔弗雷德·史蒂文斯《阅读中的年轻女子》

足吗?

　　大雪掩盖了所有过去的岁月，所有的理由也不必刻意寻找，冬天的清白，可以使你没有一点负担。

　　面对雪夜，我向远方的你一往情深地道一声：晚安，我的爱人；我的爱人，晚安。

冬夜的感觉

因为我们谁也没能避免那样的相遇，也就无法不面对这样的结局。

当冬天重新在我们身边走过，我才明白，自己真是个未长大的孩子，真的未曾经历过如此温暖的风和如此暴烈的雨。痴情地坐在你的窗外，守望着你的烛光慢慢睡去。

你早已不在乎我的所思所想，对吗？我真的不知，随这沁凉的夜风而来的是悲是喜。因为与你相爱，我已不再是我，而你却依然是你。

不再希求你的感动，因为这一切都早已没有任何意义，一切倾诉都显得苍白而可笑。我只是很认真、很投入地在你人生的舞台上重复地客串了一段插曲。

想起过去的日子，我还会像孩子一样固执地激动不已，为你，也为我自己。

我们毕竟曾走过那么远的路，毕竟曾相拥着泪流如雨，毕竟曾相悦着重复前人的海誓山盟，毕竟曾对彼此的一切都那么那么的在意……不要告诉我，你的懊悔，如果你真的真的那么爱我，一如我那么那么爱你，就请你留下更多的真诚吧，不要用绝不充分的理由敷衍身后的岁月，更不要让未来的日子充满疑虑。既然爱过，如果真的爱过，坦诚与大度才是对过去最好的祭礼。

习惯性地坐在关于你的回忆里，只为在黑暗中品味你早已轻松而匀称的呼吸；习惯性地想给你打个电话，只为善意地向你表达祝福和此时的心境；习惯性地走到那条你我都熟悉的街道，只为体味你那曾让我痴迷的气息；习惯性地塞上耳机，只为聆听你曾唱给我写给我的歌曲……我曾把满腔痴情都奉献给你啊，只是这一切对你都已十分多余。

我真的不够洒脱，真的不够。爱着的时候，可以笑傲众人，甚至可以漠视上帝。

而此刻，面对洁白的四壁和陌生的笑容，我才深深感到，自己是如此不堪一击。而更使我深感迷惑与悲哀的却是，这一切都来源于我曾要付出终生的你。

当所有的激动都归于平静，当所有的辉煌都已散去，当所有的微笑都掩盖着不屑，当所有的想象都只能折磨自己。

我只能，只能在这相似的夜晚，反反复复地默念你

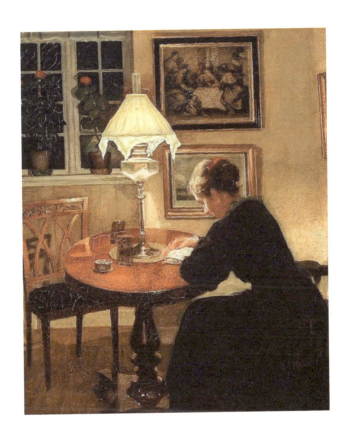

卡尔·维尔赫尔姆·霍尔瑟《室内女性阅读》

的名字，并把它珍藏在心灵深处，使任何风雨都难以触及。

真不愿多想，更不忍多说，尤其在这样的冬季。尽管在盛开的温柔中我依然深沉如初，尽管在簇拥的人流里我依然潇洒无忌，尽管我仍然为逝去的一切而不解，尽管你关注我远逊于我关心你。

但在这样的时候，我仍然要满怀深情地告诉你：不论你做什么，我都会对得起你和我自己，在我的世界里，没有人能取代你。

春天实实在在地来了，但我们毕竟经过了这个料峭而无情的冬季。

此刻的心情

也许就为了这早已被你撕得粉碎，至今仍残缺不全的尊严，我无法，无法不选择再见。

尽管回忆会使我有如初的洒脱，尽管我仍有常人不及的浪漫，尽管我的举手投足都还充满魅力，尽管所有的悲痛我都能漠视依然。

但我无论如何也走不出那些无际的长夜，无论如何也止不住哀伤溢出双眼，无论如何也卸不下你柔情的沉重，无论如何也抹不去你带给我的昨天。

我知道，我知道一切都已曲终人散。

悄悄地把剩下的日子打扫干净，使憔悴的心境重现光泽，使未来的岁月生长出鲜艳。

坎坷可以使生活流血，也可以使人明白：人的可爱、可憎和必经的苦难。

爱情够昂贵了，多少人为了心灵的恬美，不惜拿生命去交换；爱情够浅薄了，多少人为了一时的梦想而朝三暮四。伟大的爱情，让神采飞扬的生活流淌动人的故事；卑琐的爱情，却使不平静的岁月充满了愤懑。

人们总是那样向往爱情，自信自己的伟大和超凡脱俗，任何力量都难以阻拦；人们总是那样善待爱情，所有的痛苦都可以深埋心底，所有的沉重都可以挑在双肩。

但当所有的回忆都十分勉强，所有的情节都被当作愚蠢的笑谈，所有的相聚都成为一种奢侈，所有的对话都充斥着讥讽和抱怨。

还能去说些什么呢，任何表达都显得无聊而乏味，何必给本不轻松的生活增添太多、太重的负担。

爱情总是这样，没有理由的相恋，理由充分的分手，互相回首彼此的背影，谁也没有勇气说抱歉。

只有我知道这一切是如何的残忍而堂皇，只有我明白这凄苦结局的根源。

但为了我们共同的岁月，我会终生对此守口如瓶，并微笑着不使你有丝毫的伤感和难堪，尽管我是那么不情愿。

但只要你能心静如水，只要你能夜夜安眠。

因为爱你，已使我变得大度，所有的功名都看得很淡；因为爱你，已使我走向成熟，所有的妩媚都使我难

让·雷诺阿《玛丽·特蕾莎杜兰缝纫》

再缠绵。

　　既然所有的往事，在你那里已没有丝毫的分量，我只能沉默着让自己的未来，走向你原来期望的圆满。

我希望……

我希望我们能有这样的结局——即使不再牵手，也不会有太多的悲伤；

我希望我们能有这样的心境——坦然地面对过去，不再给彼此的生活带来恐慌；

我希望我们把所有的幸福都写在每个相爱的人的脸上；

我希望我们把所有的苦痛都封进杯里，让苦涩也能飘出芳香；

我希望让那些动人的故事，在这世界上自由而茁壮地成长；

我希望那些不如意的岁月，真的，真的被我们遗忘。

我希望我们所有的悲哀都只是美丽而短暂的一瞬；

我希望我们所有的欢欣都如歌般地久天长；

我希望我们的日子不再有坎坷与伤害；

我希望我们的未来都如启程时的幻想。

我希望我们曾热烈对视的眼睛，即使相隔千万里也能使日月失去光芒；

我希望我们曾柔情相握的双手，即使不再温暖也不会有一点冰凉；

我希望我们目光抚摸过的一切，任何时候都在传达彼此温馨的祝福；

我希望我们所及之处，任何时候都有一盏灯，永恒地为我们闪亮；

我希望我们彼此细微的关怀，仍能在任何时候都得到一份感激；

我希望我们彼此一丝的牵挂，仍能在任何时候都感染对方；

我希望我们所有的表白，尽管难再启口，但永远也不显苍老；

我希望我们许下的诺言，尽管永难实现，但始终具有如初的重量。

我希望在我劳累的时候，仍能想起你曾经温柔的怀抱；

我希望在你困倦的时候，仍能忆起我并不坚实的臂膀；

我希望眺望远方的道路时，我们仍然互相鼓励；

查尔斯·考特尼·柯伦《在高处》

我希望面对逝去的岁月时，我们不再黯然神伤；

我希望在我们幸福降临的时刻，仍会感到有一双熟悉的手，为自己默默地鼓掌；

我希望在彼此痛苦难耐的时候，仍会有一双熟悉的手，静静地不被察觉地为自己抚慰凄凉；

我希望在每一个相似的夜晚，我们仍能彼此想起那些动人的故事；

我希望在每一个相似的地方，我们仍能彼此忆起那些珍贵的时光。

我希望在任何时候，我们都能真诚相待；我希望在任何时刻，我们都不再有陌生的语言和目光；我希望我们烂熟于心的三个字仍然充满魅力，我希望我们胸中洋溢的永远是彼此的辉煌。

那该是怎样的日子啊，这该是怎样的希望。

尽管我们早已站在不同的山顶，也能彼此深情地张望，也能在隆冬送去一份温暖，也能在酷暑送去一份清爽，即使我们什么也没有说，但彼此都能感觉到那尚未冷却的心和只有我们才能读懂的目光。

我真的希望，真的希望，在这美丽的心情里，我们双双老去，步履蹒跚、满头飞霜地回首往事，为生活谱下最精彩、最激动、最难忘怀的乐章。

跟往事干杯

在这相似的夜里，我已不习惯流泪。

尽管对这样的夜晚，我只能无奈地面对，尽管心中满怀永难抹去的伤悲。

所有的言行都如同演戏，所有美丽的情节都已被撕碎，没有什么可以表达我此刻的心情，没有什么可以证明往事的真实与可贵。

就这样，我把自己倒进你熟悉的杯里，举起杯——跟往事干杯。

过去的一切才走出不远，背影里流着我们的眼泪，现在的一切已十分陌生，陌生得使我们都很懊悔。

不知道这是否都由你当初界定，不知道这结局是否可以使你平静如水，不知道你是否还保留着关于回忆的激动，不知道你是否找到了更坚实的臂膀可以依偎……

因为所有的对白都充满无聊和讥讽，因为所有的相见都显得格外乏味，因为所有的相约都难再激起感动，因为所有的问候都被视为累赘，因为没有奇迹可以走向永远，甚至连悲伤的心情都早已无人可以体会，那就让我独自在这相似的夏夜，举起杯——跟往事干杯。

不再幻想走回出发时的午后，也不再苦寻这情感究竟谁错谁对，更不再自欺欺人地为自己寻找解脱与安慰。

也许我们都有满腔怨愤难以宣泄，也许我们都有满腹委屈不知倾诉给谁，也许你毕生都不知道你留下的伤痛有多深，也许我终生也不清楚那段日子是真是伪。

但只要我们能心存哪怕是片刻的宁静，我们就会深深地明白，这答案早已不再重要，是否回答与怎样回答，都没有什么意义，因为一切早已物是人非。

在这相似的被雨水打湿的夜里，我把喧哗关在窗外，静静地，静静地品尝你留下的一切，并悄悄地，悄悄地把你回味。

你匀称的鼾声使我真的，真的难以入睡，但为了使我忘记那些不再属于我的日子，为了使明天的我，不因为这雨夜而显得憔悴，我只好把你也倒进杯里——跟往事干杯。

我明白你此刻的心情，我也清楚你有足够的理由不必向任何人忏悔。

但只要你能用你仅存的记忆把日历向前翻，你就会

乔治·弗雷德里克·沃茨《选择》

感到曾有怎样一份不成熟的真诚为你流下汗水。

也许在未来的某一天，你会在那杯里看见自己年轻的影子，你会偶然在别人的经历中，发现有一些情节是那么熟悉，那么相似，那么令人心碎。

我也会在这杯里发现，自己是如此潇洒、挚诚而无憾地活了一生，爱过一回。

雨夜无情地催眠了灯火，你让所有的黑暗把我包围，让我交出最后的真诚，你真的没有理由这样做，因为这真诚仅属于我自己，而且在我交出后就没有权利收回。

这真诚使我爱得忠贞、辛苦、尴尬，但绝对无愧。往事的确使我太累，走了这么远的路，我才感到自己的幼稚与可悲，我才无所顾忌地举起杯——跟往事干杯。

在这相似的雨夜，我才深深地明白，爱原来就是一种永恒的忍耐，爱原来就是一段留给自己的记忆，爱原来根本不可能有太圆满的结尾。

为了在忍耐中期望永恒，为了使自己不再疲惫，为了使你保留更多的温柔让我想起，为我们还有更多的机会重新相识和面对，我向遥远的你举起杯——跟往事干杯。

写在最后的话①

这本书的面世纯粹是为了实现一个承诺，完成一种责任。

当我疲惫地靠在沙发上吸着烟回忆往事的时候，这本书无疑给了我最大的安慰。能够在这样燥热异常的夏夜，在汗流浃背中，仔细地把日历一页一页地往前翻，并写下这些绝不轻松的文字，这本身就是一种责任感，你说呢？

那样多的人公开或隐蔽地喜欢着这些文字，产生着我始料未及的共鸣，这就更加重了我的兴奋与不安。也正是这种兴奋与不安，使我断断续续地写完了这本书的每一个段落。我不敢保证书中的每一篇都有价值，但我肯定每一句都是真实的，而且，其中有不少篇章也的确反映了现实社会中人们对爱情所共有的心态。否则，就不会有那么多人关注它、喜欢它、议论它、留

---

① 初版后记，编者注。

存它。尽管书中所述的一切都永远不再属于我，但我却极情愿让它属于所有曾经爱过、正在爱着和即将去爱的人。

望着这由几年的心血组成的文字和文字后面的岁月，我无法不感到一种悲凉。此刻，我独坐在这城市的一个角落里，默默地注视着世间百态，感受着黄昏渐渐浸入我的生命，品味着难以述人的辛酸，这也实在让人感到一种命运的无奈和残忍。许多不可思议的事情就是这样堂而皇之地存在着，而且还时常伟大成一种迷人的风景，这也是毫无办法的事情，我此时的尴尬就足以说明这一点。

但总有一些事情是终生难以忘怀的，我永远不想、不忍、不愿、不能轻易忘记那些值得纪念的日子。于是，关于那些日子的回忆使我周身充满了自溢的坦诚。写这些东西时，原本不想感动众人，一不留神却在那么多人的心中翻江倒海，这也无法不让我自信、自傲。于是，便有了"毛夫"，有了一发而不可收的灵感，有了众人的赏识与钟爱，有了那么多本不属于毛夫的幸福或痛苦的眼泪……也许也只有这温温柔柔的文字，才能让人过得有滋有味，睡得踏踏实实，活着有个念想。

我是一个很固执又很重感情的人，天性使然，想改也改不了。真的，这固执有时可爱，有时可怕，有时却十分可怜。人最可敬与最可悲的都是沉在往事中固执地不想解脱，谁都知道潇洒一点好，但那样做又难免失去为人的忠贞与坦诚，我也真是一个拿得起而放不下的人。也许当今世上有许多如我一样的人，为了维护尊严和体面的社会形象，要压抑与忍默许多，甚至要牺牲与放弃许多，这也真是没有什么办法的，环境的烘托早已使人被无情地同化了。

一个久未谋面并十分看重这些文字的朋友这样告诫我：你活得太累，何必呢？是的，的确很累，但我总想，人总要有一种责任感吧，人活一世，总要对人生的无奈和命运的坎坷，真诚地表示一种力所能及的关怀和理解吧。同时，我也觉得"累"也是有区别的。有的人为了满足权欲而不择手段，不惜把所有的良知都换成一纹头上花翎，　一够累，有的人为了满足物欲而六亲不认，不惜把所有的人格都换成一把"钞票"，够累，有的人为了满足情欲去铤而走险，不惜把所有的人生都换成一刻之欢——够累……我为了什么呢，也许就为了走出一种说不清、道不明的孤独与寂寞的囚禁，就为了寻求一种心灵的解脱与自由，也算够累，尽管问心无愧，但也颇无聊。人的一生即使十分健康而无忧地活着，也不过三万来天，何必总为难自己呢，何必总用别人的过错来惩罚和折磨自己呢。想起每天都要拿出大块大块的时间，去说那些不想说、不爱说又不能不说，去做那些不想做、不爱做又不能不做的所谓大事，我真有一种迟暮的茫然。但不论怎样，我总还能在寂寞难耐之时，营造一个可以放松自己、暴露自己、理解自己、发泄自己、安慰自己的世界。这也使我感到一种满足，人有一个属于自己的世界也算是十分幸福的了。

此刻，我无法不提及这本书的主题——爱情，这一非常沉重的事情。

人总是为了摆脱孤独与寂寞，才走向爱情，并试图从中得到生命的繁华与心灵的宽慰。然而当你走进爱情的时候，你又会发现，自己又走入了另一种更沉重、更难解脱的孤独与寂寞之中，但也只有在这样的时刻，你才能赤裸裸地面对真实的自己，你才会深深地感到人的冷漠、薄情、虚伪与残酷。看一个人，不用看别的，看他如何对待爱情就足够了。

人在一生中，难免会有许多次失去，但对每一次失去的感觉是不同的，总有一些失去会永远纠缠着挥不去的遗憾和美丽，使你不论在任何时候，只要想起，就会隐隐作痛。人在一生中，可以淡忘许多自己亲历的轰轰烈烈的往事，却永远也难以忘怀那些自己曾真诚付出的感情，哪怕这感情只是绝不可能永恒的一瞬。这也许就是那么多人默默地喜欢这些文字的一个重要原因吧。想到这些，我无法抑制泪水溢出双眼。其实，所有的人都没有必要把自己打扮得太崇高与太纯洁，尽管活在这世上，该流泪的事情实在太多，可只要真诚地为一件事流下哪怕是一滴眼泪，你都是高尚的。我总这么想。尤其当连放置心情的地方都不存在时，还能要求什么呢？世间万物的终结，也就是不再需要什么。

此刻，我不知道，我究竟在期待或者要求着什么，尽管一切人生的繁华已使我目不暇接，尽管缤纷的温情也足以满足我本不需要的虚荣。也许只有这些文字，能使我获得安慰和解脱，我也实在寻不到更好的表达方式了。真的，摆脱一件事比造就一件事要困难得多。

在这个世界上，没有什么是不能改变的，包括神圣的道德和威严的法律。而在许多过去奉为圣洁的东西沦为必要的摆设的时候，我仍要固执地写下这些文字，我不知心里是什么滋味。人有时可悲就可悲在，自己对自己的所作所为十分清楚，而又不愿随波逐流。

不论出于什么目的，人都该好好地爱，好好地活着，对人对事都该多一些宽容和理解。而且，人抛去一切地位、金钱这些身外之物，能相伴终生的也只有爱情了，不论这爱情的时间有多长或多短。想到这一点，人间所有烦琐的客套和倾轧又有什么意义呢？哎，活在世上，谁都不容易，何必互相为难。只是人们都不愿相信，世间一切，终必演绎这样的道理。

每个人都在社会上扮演着自己的角色，不论你自认演得多么出色，只要当你静下来，认真审视一下自己，你就会发现，你演的角色一点也不真实，一点也不像自己。现在的人无法活得真实，因为人总是追求完美，而完美的也是最不真实的。

现在真诚之人是越来越少了，因为人们的自私使其难以付出真诚，也难以容纳别人。即使认识到这一点，有些人也不愿承认，没办法，人在得意的时候，没有必要证明自己的自私。但只要认识到现实的残酷，就会感到一种莫名的踏实与坦然，因为你是在为满足别人而清醒地故意地做着众人喝彩的糊涂事。

为人如此，为爱也同样如此。

当爱已成往事，当面对所有崭新的温柔都觉得恐惧或觉得随意时，会感到最应该原谅与最不能原谅的都是自己。真诚的人常会有这样的喟叹和悲哀。

在自己人生最灿烂的时候，拥有一段爱情，的确是十分美好的事情，年轻的时候，你可能觉不出它的珍贵与美丽，但在行将就木之时，蓦然回首，就会有许多感慨，一定会的。

昨夜，我做了一个梦，雪白的四壁中，是我孤独的身体和已苍老不堪的脸及无神的眼睛，这时，有一双我十分熟悉的手在轻抚我的额头，此时，我已无力表达什么，但我清晰地感到有一行我十分熟悉并牢记多年的眼泪，滴在我的脸上……我真的坚信会有那么一天，当我们都已容颜衰老，身心倦瘁，当所有的功名都已淡尽，所有的掌声都已退去，所有的世态炎凉都已被看够之后，会有一个人悄悄地走到我的墓前，默默地落下眼泪，就像我梦中经历的那样，不论这眼泪是流给我，还是流给自己，我都会满足而安详。我真的坚信这一点，所有真诚的付出都会有如此这般的回报，只是时间长短的区别。为人、为爱都是如此。这也促使我不愿放弃，万分珍惜一切真挚的岁月。我在这本书中所反复表达的也是这样一种真诚。

现在仿佛是爱情泛滥的社会，所谓超时空的爱情在世上的任何角落都疯长着，体现出饥渴与浮躁。尽管爱情使一些人变得卑琐，尽管有些人即使在"爱情"的美好中也注定了要丑陋地活过一生，尽管有些人视功利为爱情的前提使爱变了味道，但爱情的确是件崇高的事情，这是无须赘言的。所以我在这本书中还是反复着力表现着爱情的美丽。

辗转地收到了许多关于对这些文字的议论。有人说：这是一个真诚得让职业骗子都不忍再骗的人写的书。我不知是否果有如此疗效。有人说：作者这小子不知恋了多少爱，才抒这么多情。也有人说：让这些乌七八糟的东西在报纸上连载，成何体统……对此，我只能淡然一笑。然而，最让我感动的还是一位颇有修养与地位的中年人的评价：读这些文字，使我们这个年龄的人，回到了自己的从前，能牵起许多久违的回忆，加深了对人生和爱的理解。不论是欲给之荣，还是欲加之罪，我都不太在意。喜欢你就翻几页，不喜欢完全可以置之不理，我想，一本书应该平静地创造一种氛围，而绝不是去发泄纯个人的烦躁与痛楚。但愿这本书真的能创造一种引人回味的真诚的氛围，但愿所有读到此书的人，能像珍惜自己生命一样珍惜你的爱情。

在这些文字陆续面世的同时，许多热心的人四处寻找着"毛夫"，我很理解，但既然这鸡蛋你吃着还可以，何必劳神去寻找母鸡呢。也有人四处宣扬自己就是"毛夫"的一员，我也很理解，代人受过也是一种美德。况且，在许多真挚的东西都被忙忙碌碌的人们所忽略的时候，还有人关爱着这些文字，不论出于什么动机，我都十分感激。当这本书摆到你面前的时候，我可以肯定地告诉你：毛夫，实在是一个普通而平常的人，他也许就是你众多朋友中的一个，也许曾与你同桌共饮，也许曾与你彻夜胡侃，也许正与你擦肩而过，也许他真是一群人的化身……但他真的愿意保留着这份神秘，这你还真得理解，哎，让他沉默着多干点别的事吧。

我深知这本书正承担着它无法承受的重负，我不知道这本书能留给我什么，或许我只能成为这些文字的最初与最后一个读者。

非常感谢李犁为这本书洋洋洒洒写下的序言①，非常感谢众多读者坚定了我写出此书的信心，非常感谢那些不愿透露姓名的朋友们，为此书的问世所做的精神与物质的无私的支持。

哎，说了这么多，对不住大伙儿了，大伙儿都挺忙

---

① 此处指初版序。

的，天又这么热，说多了对谁都是一种精神折磨，我就写到这吧，天都快亮了，我得睡会儿，您愿意看就慢慢看吧。

1994.6.15 夜 10 时至

6.16 晨 4 时

1994.10.21 夜改

弗雷德里克·维钦 《女舞者》